A Faint Cold Fear Thrills Through My Veins · William Shakespeare

## Zu diesem Buch

Ladicke ist tot: Jemand hat ihm eine Papierschere in den Hals gestoßen. Und jetzt stellt sich heraus, daß er nicht nur ein großer Weiberheld, sondern auch ein kleiner Heiratsschwindler gewesen ist. Im Nebenberuf, sozusagen – weil seine Passionen zu kostspielig waren für das Einkommen eines Warenhaus-Abteilungsleiters. Und jetzt liegt er also tot in seinem Büro.

Oberkommissar Leo Klipp von der Hamburger Kripo findet in der umfänglichen Liebesbrief-Korrespondenz des Toten ein Schreiben, in dem nicht von Liebe die Rede ist:

*Unterlassen Sie in Zukunft jeden Versuch, sich mir wieder zu nähern! Ich empfinde das nach dem Geschehen als unverschämte Belästigung und werde mich bis zum Äußersten dagegen wehren.* *F. J.*

F. J., stellt sich rasch heraus, ist Franziska Jansen, die Substitutin in der Spielwarenabteilung. An ihrem Kostüm findet sich Blut von der Blutgruppe des Ermordeten – hat sie sich ‹bis zum Äußersten gewehrt›? Es findet sich auch eine Kollegin, die sich an einen Streit zwischen Ladicke und der Jansen erinnert. Nur Franziska findet sich nicht: Sie ist unmittelbar nach dem Mord nach Jugoslawien gereist – in Urlaub.

Oberkommissar Klipp fährt auch nach Jugoslawien. Als Urlauber getarnt, wohnt er im gleichen Hotel. Er flirtet mit der Verdächtigen, um sie unauffällig überwachen zu können. Er entdeckt manches, was für ihre Schuld spricht. Er sammelt emsig Beweismaterial. Und am Ende verliebt er sich in seine schöne Mörderin.

Hansjörg Martin, 1920 in Leipzig geboren, war ursprünglich Maler und Graphiker. Nach dem Krieg betätigte er sich als Clown, Journalist, Bühnenbildner, Dramaturg und Schriftsteller. Er hat in den letzten neunzehn Jahren neben fünf Kurzgeschichten-Bänden 21 Kriminalromane geschrieben, die alle in der Reihe der rororo-thriller veröffentlicht worden sind. Sein Kriminalroman *Dein Mord in Gottes Ohr* erschien im Rowohlt Verlag als gebundene Ausgabe. Nach vielen von ihnen sind Filme und Fernsehspiele entstanden; Übersetzungen sind in den USA und zahlreichen europäischen Ländern erschienen. Weitere Bücher des Autors sollen hier folgen.

Hansjörg Martin

# Meine schöne Mörderin

rororo

Rowohlt

rororo thriller
Herausgegeben von Richard K. Flesch

70.–72. Tausend Mai 1984

Deutsche Erstausgabe
Veröffentlicht im Rowohlt Taschenbuch Verlag GmbH,
Reinbek bei Hamburg, Februar 1969
Umschlagentwurf Katrin Mack

Gesetzt aus der Linotype-Aldus-Buchschrift
und der Palatino (D. Stempel AG)
Gesamtherstellung Clausen & Bosse, Leck
Printed in Germany
580-ISBN 3 499 42161 5

# Die Hauptpersonen

| | |
|---|---|
| Alfred Ladicke | bekommt Liebesbriefe, Aktfotos und schließlich eine Papierschere in den Hals. |
| Franziska Jansen | hat Streit mit ihm gehabt, Blut von seiner Blutgruppe am Ärmel und reist ins Ausland. |
| Gisela Zieroth | hat den Streit mitangesehen, reist gleichfalls ins Ausland und braucht keine Rückfahrkarte mehr. |
| Dr. Tüter | ist ein gewissenhafter Personalchef, aber ein Chef kann schließlich nicht alles wissen. |
| Erich Zieroth | ist vielseitiger, als es zunächst den Anschein hat, und entpuppt sich als lustiger Witwer. |
| Frau Fiebig | wird im entscheidenden Moment zur Hyäne, aber das hilft dann auch nichts mehr. |
| Stepanovic | zerstört, falls noch erforderlich, die Legende, derzufolge auf dem Balkan alle Beamten korrupt sind. |
| Oberkommissar Leo Klipp | gerät in Gefahr, die Legende zu zerstören, derzufolge deutsche Beamte immer korrekt sind. |

Dies ist ein Roman; die hier geschilderten Ereignisse sind frei erfunden, und jede Ähnlichkeit oder Namensgleichheit mit realen Personen könnte nur auf einem Zufall beruhen.

# 1

Mein Wecker klingelte.

Ich ließ das außerordentlich hübsche Mädchen, von dem ich gerade träumte, sofort los und drückte dem rappelnden Teufelsding die Gurgel zu. Aber es klingelte weiter.

Ich brauchte acht Sekunden, um zu kapieren, daß es gar nicht der Wekker war, sondern das Telefon.

Halb fünf.

Ich stolperte aus dem Bett, stieß mit dem rechten großen Zeh an ein Stuhlbein, fluchte, erreichte hinkend und schimpfend den unbarmherzigen Apparat, hob ab und wollte «Klipp» sagen, aber es wurde ein Geräusch daraus, wie das Husten einer Kuh, morgens im Nebel, auf einer Weide hinterm Deich.

«Wer ist dort, bitte?» fragte eine muntere Männerstimme.

Ich räusperte mich in aller Ruhe, denn ich wußte nun schon, mit was für einem Anruf ich es zu tun hatte, und sagte dann, in fast bühnenreifem Wohllaut: «Hier spricht Klipp!»

«Schönen guten Morgen, Herr Oberkommissar», sagte die muntere Stimme, ohne die Schadenfreude verbergen zu können, die ihr Besitzer fühlte und weidlich auskostete. «Sie möchten bitte gleich ins Kaufhaus Weinheimer kommen.»

«So», sagte ich, «aber da ist noch geschlossen, nicht?»

«Es wird auch von Ihnen nicht erwartet, daß Sie dort was einkaufen ...»

«Peter! Idiot!» schrie ich, denn ich hatte nun die Stimme erkannt. «Mußt du ausgerechnet mich ...?»

«Tut mir leid, Leo», erwiderte er, und ich glaubte ihm davon keine Silbe, «aber es ist sonst keiner da, der so schnell am Tatort sein könnte. Dein Pech, daß du bloß zehn Minuten entfernt wohnst, tut mir leid!»

«Lüg nicht so schamlos!» sagte ich. Aber sein Argument leuchtete mir ein. «Was ist los?»

«Die Kaufhausputzfrauen haben einen völlig toten Herrn in einem der Büros gefunden. Sie haben den Pförtner gerufen. Der Pförtner hat die Polente gerufen. Die Herren Kollegen vom Peterwagen 13 haben das Präsidium angerufen. Das Präsidium hat bei mir hier oben angerufen, denn ich habe Nachtdienst. Ich rufe dich an – also ...»

«Die amtlich vorgeschriebene Kettenreaktion, klar!» sagte ich. «Na, dann wollen wir mal. Weißt du noch was, was ich wissen muß?»

«Nee», sagte Peter, «nur was ich schon gesagt habe. Ach ja, erstochen worden ist der Herr.»

«Feiner Tod, wenn's der Täter kann!» sagte ich.

«Zyniker!» sagte Peter.

«Soll ich früh um halb fünf vielleicht Romantiker sein?» fragte ich zurück.

«Morgenstund ist aller Laster Anfang», blödelte Peter.

«Bart!» sagte ich und legte auf.

Bis mein Kaffeewasser kochte, rasierte ich mich, schüttete mir ein paar Hände voll kaltes Wasser ins Gesicht und dachte, indem ich – immer noch hinkend – meine Siebensachen zusammensuchte, zum zweitausenddreihundertfünfunddreißigstenmal darüber nach, ob ich nicht doch besser etwas anderes geworden wäre.

Nächtliche Anrufe wären mir als Arzt allerdings auch nicht erspart geblieben, und Bäcker müssen jeden Morgen um halb drei oder noch früher aufstehen, als Fernfahrer kommt man überhaupt nicht ins Bett, und als Gastwirt erst, wenn die Schlafenszeit eigentlich vorbei ist. Vielleicht hätte ich ja doch Kommunalbeamter werden sollen, Vorsteher eines mittleren Katasteramtes. Herr Amtsvorsteher Klipp ... Hilfe!

Ich trank meinen Kaffee, aß mit geringem Appetit meinen Toast und machte mich auf die Socken, ohne das Berufsproblem gelöst zu haben. Zehn Minuten vor fünf fuhr ich an der Straßenfront des Kaufhauses Weinheimer entlang, die trotz der frühen Montagmorgenstunde schon hell erleuchtet war, und bog in die schmale Gasse ein, die zum Nebeneingang und zum Verwaltungstrakt führt.

Vor dem Tor stand der Peterwagen 13, dahinter ein großer Mercedes in Repräsentationsschwarz, hinter diesem parkte ich meinen bundesrepublikanischen Muli, grau, bescheiden, zuverlässig und strapazierfähig.

Ich ging auf das Tor zu, öffnete die kleine Tür im Tor und trat in die zugige Durchfahrt. Aus einem Glasgehäuse linker Hand kam ein schrumpliges Männlein heraus, das für die Pförtnermontur, die es trug, einige Nummern zu klein und schmalbrüstig war. Auch das Köpfchen paßte nicht unter die Schirmmütze mit den silbernen gekreuzten Schlüsseln vorn dran. Man hatte den Eindruck, daß nur die Ohren ein Verschwinden des Kopfes verhinderten.

«Sie wünschen bitte?» fragte das Männchen und setzte eine wichtige Miene auf.

«Kriminalpolizei», sagte ich.

Das ist das Zauberwort, das «Sesam öffne dich», vor dem sich alle Gesichter verändern, vor dem – mehr oder weniger schnell – alle Türen aufgehen, vor dem Gespräche verstummen, Großspurige kleinkariert und Bärenstarke kükenschwach werden.

Auch das Männchen unter dem Mützenschirm gab sein wichtiges Blikken auf, verwandelte sich im Handumdrehen in einen beflissenen Bürger und lispelte: «O ja! Jawoll! Sie werden bereits erwartet! Der Chef ist auch schon oben!»

«Welcher Chef?» wollte ich wissen.

«Herr Strackmeier, der Besitzer des Kaufhauses Weinheimer», erklärte das Männchen.

«Donnerwetter», staunte ich, «so früh? Na, dann wollen wir mal. Wo muß ich lang?»

«Gleich hier, den Gang», dienerte das Männchen, «rechts, und da ist der Fahrstuhl, bitte, sechster Stock, Sie müssen ihn selbst bedienen, bitte! Es ist noch niemand da ... und ich darf nicht weg hier ... oder soll ich telefonieren, daß Sie vielleicht jemand von oben ...?»

«Nee», sagte ich, «danke schön, ich werd ja wohl noch alleine auf'n Fahrstuhlknopf drücken können, wie?»

«Aber sicher», lispelte das Männchen erschrocken, als hätte es Angst, mich gekränkt zu haben, «es ist ganz einfach ...»

«Danke!» sagte ich und ging den beschriebenen Gang entlang und fand die Fahrstuhltür und drückte auf den Rufknopf, denn der Lift war gerade ganz oben, und wartete.

Es roch nach Warenhaus. Klar. Wonach hätte es sonst riechen sollen? Auf der Wand war eine Art Schwarzes Brett angeschraubt mit allerlei Bekanntmachungen. Die Tischtennisgruppe trainierte ab sofort freitags nach Geschäftsschluß, stand da angeschlagen. Der Betriebsarzt war dienstags und donnerstags im Hause. Personaleinkäufe über 300 DM im Monat bedurften einer Sondergenehmigung des Personalchefs, soweit es sich nicht um Möbel handelte. Ein Kursus in erster Hilfe wurde veranstaltet von ...

Da war mein Fahrstuhl. Ich stieg ein und drückte auf den Knopf mit der sechs. Der Fahrstuhl stieg so geschwind, daß mein Magen noch im Erdgeschoß war, als sich mein Körper schon im dritten Stock befand. Spielwaren, Möbel, Glas und Porzellan. Glücklicherweise wurde das im sechsten Stock durch scharfes Bremsen ausgeglichen, so daß wir zusammen aussteigen konnten, mein Magen, mein Körper und ich.

Das Pförtnermännchen hatte wohl mein Eintreffen telefonisch gemeldet, denn als ich den Fahrstuhl verließ, kamen drei Herren den Gang entlang auf mich zu, wie ein Empfangskomitee. Fehlten nur die Zylinder. Vornweg marschierte ein Glatzköpfiger mit englisch gestutztem Schnurrbart und randloser Brille, in einem sehr gut geschnittenen, dezent-grauen Zweireiher. Das war Herr Strackmeier. Der pflaumengroße Brillant an seinem rechten Mittelfinger verriet es.

«Strackmeier», sagte Herr Strackmeier und hielt mir seine Hand entgegen, die sich warm und feucht anfaßte. Na ja, Morde sind auch für Warenhausbosse nichts unbedingt Alltägliches. «Ihre Dienststelle hat Sie bereits angekündigt, Herr Oberkommissar», fuhr er fort, «es ist eine schreckliche ...»

«Klipp», sagte ich, «lassen Sie den Titel bitte, Herr Strackmeier, er ist zungenbrecherisch.»

«Danke», sagte er, «sehr freundlich, Herr ... Herr ...»

«Klipp», half ich, «wie Klipp-Klapp oder Klippfisch.»

Strackmeier lächelte, was einen eleganten Goldzahn oben links ans Tages-, Pardon, Neonlicht brachte, und stellte mir die zwei anderen Herren vor, die stumm-devot im Hintergrund gestanden hatten.

Der eine war jung, hatte einen dümmlich-blasierten Ausdruck und war Strackmeiers Sohn. Der andere war in den Vierzigern, rotblond und der Personalchef mit dem schönen Namen Tüter. Dr. Tüter.

Die zwei sahen im Gegensatz zu ihrem Vater und Vorgesetzten recht unausgeschlafen aus. Der Sohn hatte einige dekorative Rasierschnitte am Kinn.

«Wie kommt es, daß Sie alle schon hier sind?» fragte ich.

«Der Pförtner hat mich – gemäß seinen Anweisungen – gleichzeitig mit der Polizei benachrichtigt», erläuterte Strackmeier senior. «Das war vor –» er sah nach der Armbanduhr – «vor fünfundvierzig Minuten, kurz nach Entdeckung der ... des Toten. Ich wohne nur eine Viertelstunde entfernt, und Herrn Dr. Tüter, der am Wege wohnt, habe ich dann gleich mitgenommen.»

«Ach so», sagte ich. Es ärgerte mich ein bißchen, nicht vor den dreien hier gewesen zu sein. Aber die Peterwagen-Polizisten hatten ja bestimmt aufgepaßt, daß keiner an den Tatort kam. «Tja», sagte ich, «dann wollen wir mal!» Es fiel mir selbst auf, daß ich mich wiederholte.

«Bitte sehr!» sagte Strackmeier und wies nach hinten. Ich ging. Hinter mir versank der Fahrstuhl, gerade als ich mich umdrehte. Hier in der Büroetage roch es nicht nach Warenhaus, sondern nach Essen: kaltem Bratenfett, Kartoffeln, Kohl. Das kam daher, daß ein Teil des sechsten Stockwerks als Personalkantine diente. Das Empfangskomitee und ich wanderten schweigend den Gang entlang, bogen links in einen Nebengang ein und trafen dort auf einen Wachtmeister in Uniform, der vor einer Tür stand und gemütlich die Hand an die Mütze legte, als ich auf ihn zutrat und ihm, wie es das Reglement vorschreibt, meine Hundemarke zeigte.

Ich bat die drei Kaufhausleute, zu warten, und betrat mit dem Polizisten das Zimmer. An der Tür war ein Schildchen: Abteilung E, Ladicke, Bornemann, Kurz.

Der Raum, in den wir kamen, war ein Schreibzimmer mit Regalen voll Ordnern, zwei Schreibtischen, zwei Schreibmaschinentischen und zwei Türen – eine links, eine rechts. Beide waren offen. Vor der linken saß ein zweiter Polizist. Er stand auf und legte sehr zackig die Hand an die Mütze. Durch die rechte Tür konnte ich zwei Frauen in grauen Kitteln sitzen sehen, die mich ängstlich anstarrten.

Die beiden Polizisten wiesen gleichzeitig auf das linke Zimmer. Ich ging hinein. Im Schein einer scheußlich kalten Neonbeleuchtung lag der Tote zwischen Schreibtischstuhl und Schreibtisch. Er mußte sich im Fallen gedreht haben. Seine Augen starrten in die grelle Lampe. Neben seinem Kopf war ein großer, in den Teppich gesickerter, getrockneter Blutfleck. Mittendrin blinkte eine Papierschere. Der Tote hatte kein Jakkett an. Sein Hemd war von der Stichwunde am Hals über den Kragen und quer über Schulter und Bauch blutgetränkt. Es roch dick nach Verwesung, und mir wurde für einen Augenblick flau.

«Machen Sie das Fenster auf!» sagte ich zu dem Polizisten, der neben mir stand.

«Ja, gerne!» sagte der und beeilte sich, meinem Befehl Folge zu leisten, während ich um den Toten herumging und mir einen ersten Eindruck zu verschaffen versuchte, wie das wohl vor sich gegangen sein mochte. Außer dem verschobenen Teppich unter dem Schreibtischstuhl war keine Unordnung im Zimmer. Es gab nicht die geringsten Anzeichen für einen Kampf. Opfer und Mörder mußten sich demnach gut gekannt haben.

Ich angelte meine Zigaretten aus der Tasche und bot den zwei Polizisten die Schachtel an. Sie griffen dankbar zu. Wir gingen alle drei in das Schreibzimmer und zündeten dort die Stäbchen an.

«Ist irgend jemand außer den Putzfrauen und Ihnen da drin gewesen heute morgen?» fragte ich.

«Aber nein», sagte der ältere Polizist mit leiser Entrüstung, «seit wir da sind keine Seele!»

Ich ging zum Schreibzimmerfenster und machte das ebenfalls auf, denn es roch auch hier nach Blut und Tod. Gegenüber war eine Brandmauer, auf deren schmutzigem Grau die frühen Sonnenstrahlen des Augusttages vergeblich Sommerstimmung zu zaubern versuchten.

Auf dem Gang draußen wurden Stimmen und Schritte hörbar. Es klopfte. Der jüngere Polizist öffnete. Der Fotograf war da, der Polizeiarzt, die Kollegen von der Spurensicherung – zusammen drängten sechs Mann herein. Ich sah zwischendurch die Gesichter der Warenhausleute auf dem Gang. Der Junior Strackmeier rauchte Zigarre. Der Zigarrenrauch verwischte seine blassen, verschwiemelten Gesichtszüge mit den roten Rasiermesserkratzern, so daß ich einen Augenblick das Gefühl hatte, Strackmeier junior stünde hinter Mattglas ...

Wir drückten uns ringsum die Hände ... daß sechs Männer so viele Hände haben, und so verschiedene Händedrücke!

Der Fotograf sagte: «Wo ist das Modell?»

«Nebenan», erwiderte der ältere Polizist.

«Riechst du es nicht?» fragte einer der Spurenleute.

Es begann die übliche wortlose, aber geräuschvolle Geschäftigkeit, nachdem der Fotograf seine vier, fünf Blitzlichtaufnahmen gemacht hatte. Bis dahin standen wir herum und dachten alle wahrscheinlich das gleiche: Wie schön ein Bett gerade in den frühen Morgenstunden ist, wie lange es noch dauern würde, bis wieder Freitag abend wäre – und so weiter. Eine Weile später klopfte es wieder. Herr Dr. Tüter brachte sich und die Herren Strackmeier in Erinnerung.

«Ja, gewiß», sagte ich, «wir haben Sie nicht vergessen! Aber es wird das beste sein, Sie warten in einem Ihrer Büros, ich komme dann schon.»

Jemand hatte die Tür zum rechten Zimmer zugemacht, in dem die beiden grauen Frauen saßen. Ich ging zu ihnen, nannte meinen Namen und bat sie, mir zu erzählen, wie sie den Toten gefunden hatten. Die eine sprudelte gleich drauflos. Sie hätte schon so eine Ahnung gehabt, daß heute was passieren würde.

«Soll mir bloß einer sagen, daß die Horoskope nich stimmen!» sagte sie mit ernstem Gesicht. «Lesen Sie heute mal die Zeitung, Herr Kriminalpolizist! Ich bin Krebs! Da steht ‹Aufregung im Beruf!›... na? wer sagt's denn?»

Ich dämpfte sie vorsichtig und riet ihr, sich ihre Erfahrungen mit den Sternen für die Presseleute aufzuheben, die daraus möglicherweise eine Schlagzeile machen könnten. Als hätte ich den Teufel an die Wand gemalt, klopfte es, und der jüngere Wachtmeister steckte den Kopf durch die Tür: «Draußen sind vier Reporter, Herr Oberkommissar!» sagte er.

«Sollen ein kleines bißchen warten», ordnete ich an, «wir wissen noch nix! Sie sagen auch kein Wort, Wachtmeister, klar! Und auch Ihr Kollege...»

«Selbstverständlich», sagte der Polizist und verschwand.

Die Krebsfrau rutschte aufgeregt auf ihrem Stuhl hin und her. «Kommt dann auch mein Bild in die Zeitung?» fragte sie.

«Sicher!» sagte ich.

«Ach du meine Güte!» stöhnte sie. Aber es war eher ein Begeisterungsstöhnen als Entsetzen.

Der Inbegriff aller Schrebergärtner- und Putzfrauenträume würde in Erfüllung gehen: sie kam in die Zeitung. «Frau Pohlschmidt fand die Leiche!»

Alle würden sie darauf ansprechen. Alle: die Milchfrau, die Schlachtersfrau, der Gasmann, der Busschaffner – sicher sogar die alte Ziege von oben, die sonst immer tat, als wäre sie was Besseres, dabei war ihr Mann auch bloß Verkäufer, wenn auch in einer Handlung, wo Bilder verkauft wurden, aber na, der würde sie's zeigen.

Ich unterbrach den Höhenflug ihrer Gedanken und zwang sie zu einem Kurzbericht ohne Sternengeflimmer und Titelseitenruhm. Es war nichts Besonderes. Sie hatte mit ihrem Hauptschlüssel geöffnet. Ja, die Tür war verschlossen gewesen. Nein, es steckte kein Schlüssel. Es roch so komisch, als sie reinkam. Sie wollte erst mal alle Fenster aufmachen, und als sie im linken Zimmer Licht machte, da lag Ladicke.

«Ladicke?» fragte ich. Ich hörte den Namen zum erstenmal, obschon es eine gute Viertelstunde her war, daß ich den toten Herrn in Augenschein genommen hatte.

«Na ja, die Leiche!» sagte die Krebsfrau.

Die Leiche war also Herr Ladicke; nun wußte ich es. Alfred Ladicke, Abteilungsleiter a. D. oder i. R. – je nach Wunsch. Seiner Dienstobliegenheiten hatte man ihn jedenfalls mittels einer Papierschere jählings enthoben...

Die zukünftige Tagesberühmtheit Emma Pohlschmidt hatte natürlich erst einmal geschrien. Daraufhin war die zweite Dame, den Besen in der Hand, herbeigeeilt. Sie hatte nicht geschrien, sondern, nach einem Blick auf die Bescherung, die schreckstarre Frau Pohlschmidt aus dem Zimmer gezogen, die Tür zugeknallt und – erstaunlich logisch handelnd – vom Schreibzimmertelefon aus den Pförtner angerufen. Der war, zusammen mit dem Aufseher über die Putzfrauengarde, in drei Minuten oben gewesen. Beide Männer hatten durch die Tür den Toten besichtigt und nach kurzer Beratung die Polizei und ihren obersten Chef angerufen. Weitere fünf Minuten später waren die zwei Peterwagenmänner da, sperrten das Mordzimmer ab und schickten Aufseher und Pförtner wieder an die Arbeit. Das war's. Die zweite, klügere Putzfrau, eine junge, schmächtige Person mit einem resignierten Ausdruck, als sei sie an einen Säufer verheiratet, fing jetzt an zu heulen. Unter den Tränen quollen die harten grauen Linien ihres Gesichts ein wenig auf und machten sie fast hübsch. Sie sagte nicht viel außer «Jaja» und «Neinnein» und «So war das». Im übrigen nickte sie und sah mich ängstlich an. Als ich den beiden Zigaretten anbot, nahm sie eine, während ein flüchtiges Lächeln um ihren Mund spielte, und rauchte in tiefen Zügen. Die andere, die Krebsfrau, lehnte indigniert ab. Sie konnte es nicht erwarten, zu den Reportern zu kommen. Ich machte ihr das Vergnügen, indem ich sie beide hinausließ auf den Gang. Dort stand Strackmeier junior mit Dr. Tüter zwischen den laut redenden Zeitungsleuten, von denen zwei Sonnenbrillen trugen, obwohl der Gang nicht sonderlich hell war.

Als ich mit den zwei Putzfrauen auftauchte, ließen die vier Reporter den jungen Strackmeier und Dr. Tüter stehen wie schales Bier und fingen an, Fragen abzuschießen.

«Haben Sie schon einen Verdacht, Kommissar?» rief der eine.

Ich kannte ihn. Er vertrat die Revolverzeitung mit der größten Auflage.

«Ja», sagte ich, «ich glaube, es war Ihr Chefredakteur. Der Tote soll sich Ihr Blatt zum Einwickeln seiner schmutzigen Wäsche gekauft haben. Also ein Racheakt, wahrscheinlich.»

Die drei anderen grinsten; ich würde den Spott bestimmt heimgezahlt kriegen. Aber das kratzte mich nicht.

Dr. Tüter trat händeringend zu uns. «Ist es nicht zu verhindern, Herr Klipp, daß unser Haus genannt wird, bitte?» fragte er.

«Wenden Sie sich an Ihre Rechtsanwälte», riet ich ihm und wandte mich wieder an die Reporter: «Hier sind die beiden Frauen, die den Toten heute früh gefunden haben», sagte ich zu den Reportern und wandte mich der Zimmertür wieder zu.

«Gefunden habe ICH ihn als erste!» hörte ich die Krebsfrau noch laut sagen. Sie sagte es so, daß ich ihr Foto schon auf der Titelseite sah. Zweispaltig.

Drinnen lief alles den gut geölten Gang der Routinemaschinerie. Der erstochene Ladicke lag zwar noch immer auf dem Rücken, aber irgend jemand hatte ihm die toten Augen geschlossen, sie starrten nicht mehr ins grelle Neongeflimmer. Der Arzt kam auf mich zu.

«Er ist schon anderthalb oder zwei Tage tot», sagte er, «mehr kann ich Ihnen im Moment nicht sagen. Die Pathologen müssen ihn erst in Augenschein und auseinandernehmen, ehe Sie genau erfahren können, wann er umgebracht wurde, Herr Klipp!»

«Klar», sagte ich, «danke, Herr Doktor. Aber daß er ermordet wurde, steht Ihrer Meinung nach fest? Selbstmord ist wohl ausgeschlossen?»

«Ausgeschlossen», sagte er. «Ich habe zwar schon die tollsten Sachen erlebt – aber daß sich einer halb von hinten mit einer Schere die Halsschlagader durchsticht, das ist unmöglich!»

Ich bedankte mich nochmals. Er fragte, ob er den Abtransport der Leiche schon veranlassen könne. Ich fragte die Leute von der Spurensicherung. Sie nickten. Der Arzt verabschiedete sich. Der Fotograf packte seine Apparate ein und ging ebenfalls. Beide – das sah ich, als sich die Tür öffnete – wurden draußen sofort von den Reportern umringt. Ich sah, wie der Arzt den Kopf schüttelte und abwinkend die Hand hob und wie der Fotograf ein geheimnisvolles Gesicht machte und, ebenfalls kopfschüttelnd, zum Fahrstuhl ging. Der Polizist schloß die offengebliebene Tür.

Ich ging nochmals um den Toten herum, hockte mich neben ihn und sah ihn an. «Irgendwas gefunden?» fragte ich die Spurensucher.

«Nichts!» sagte der eine, der gerade mit seinem grauen Puder die Schreibtischplatte einstäubte, um Fingerabdrücke sichtbar zu machen.

«Haufen Abdrücke!» fuhr er fort. «Aber anscheinend alle vom Opfer. An der Schreibtischschublade und am Kalender sind ein paar andere. Aber das kann eine Sekretärin gewesen sein.»

«Die Schere?» fragte ich.

«Nicht die Bohne!» sagte er.

«Und in den Taschen?»

«Das übliche», gab ein anderer der Männer einsilbig Auskunft.

«Bis auf die Fotos ...» ergänzte der dritte.

«Fotos?» fragte ich.

«Nun ja – er hat 'ne Menge Mädchenbilder in der Brieftasche. Alle Sorten. Älter, jünger – auch 'n paar nackichte ...»

«Darf ich mal sehen?» sagte ich.

«So früh am Morgen?» frozzelte der eine.

«Morgenstunde ist aller Laster Anfang», zitierte ich meinen Kollegen Peter und erwartete eigentlich, daß einer der Spurenleute «Uff» sagen würde oder – wie ich vorhin – «Bart». Keiner sagte was. Sie wagten es wohl nicht, denn alle vier hatten vor kürzerer oder längerer Zeit in meinem Unterricht auf der Polizeifachschule gesessen und meinen erhabenen Lehren gelauscht, die ich dort zweimal wöchentlich verzapfte.

Einer reichte mir von dem säuberlich geordneten Stapel, den sie aus Ladickes Tascheninhalt gebaut hatten, eine Brieftasche. Feines, weiches Leder. Ziemlich neu.

«Wo trug er die?» fragte ich.

«Im Jackett. Das hing dort hinter dem Vorhang.»

Die Brieftasche enthielt neben der Mitgliedskarte eines Automobilklubs, dem Paß und einem Ausweis, der das Betreten und Verlassen des Kaufhauses auch außerhalb der Dienststunden gestattete, zwölf Mädchen- und Frauenfotos. Alle Größen und – wirklich – alle Sorten. Als ich sie, über die Breite der Skala erstaunt, durchblätterte und mit wachsendem Interesse die Widmungen auf den Porträt-, Brust-, Ganz- und Aktfotos las, grinsten mich die Spurenspezialisten erwartungsvoll an. Das war aber auch eine seltene Sammlung! Unter dem einen Aktfoto, das eine so voluminöse Dame reifen Alters zeigte, daß die Aufnahme besser in Breit- statt in Hochformat gemacht worden wäre – unter diesem Bauch- und Busenbild stand zum Beispiel: «Für Alfred, meinen Schwan, von seiner Leda!»

Auch Bildung kann Geschmackssache sein.

Alfred, der nun ausgeschwant hatte, war auch sonst nicht wählerisch gewesen.

«Für schöne Stunden der Zweisamkeit» hatte ihm ein ältliches Mädchen mit Silberblick – so silbern, daß der Betrachter vor Schreck oxydierte – ihr Brustbild verehrt, obschon sie eine ausgesprochene Flachländerin war. «Freddy, meinem Teddy, zur Erinnerung an die Balgereien am Ostseestrand» war ein Foto beschriftet, das eine pickelige Endzwanzigerin im Badedress mit dem Sexappeal einer Eskimogroßmutter zeigte. Und so ging's weiter.

Eines der Bilder war ohne Widmung. Es zeigte einen Mädchenkopf im Profil, der zwischen den Ledas und Strandnixen wie ein Pfirsich in einer Kartoffelkiste wirkte. Ich drehte das Bild um und um, aber kein Buchstabe verriet, wofür Ladicke es von dem zauberhaften Geschöpf erhalten hatte.

Ich sah mir den Toten noch mal näher an. Nikotinfinger. Ein Durchschnittsgesicht, hübsch, glatt, etwas brutaler Mund, lange, dunkle, seidige Wimpern. Er trug ein Maßoberhemd, in seinem Jackett war das Zeichen eines der besten Schneider Hamburgs. Ich blätterte in den Papieren. Alfred Ladicke, Abteilungsleiter, vierunddreißig, unverheiratet, wohnhaft in Hamburg 13, Mittelweg – feines Viertel.

Alfred Ladicke, der Casanova aus Pöseldorf.

«Kein Schlüssel?» fragte ich.

«Doch», sagte einer der Männer, «Auto- und Wohnungsschlüssel, dort auf dem Schreibtisch, in dem Lederetui.»

«Wie lange haben Sie noch zu tun?» fragte ich nach einem Blick auf meine Uhr. Es war kurz vor sechs.

«Gute Stunde!» sagte der eine.

«Gut», sagte ich. «Ich fahre mal in die Wohnung des Herrn. Notieren Sie auf Ihrer Liste, daß ich die zwölf Fotos eingesteckt habe... vielleicht ist eine für mich dabei.»

«Die Leda!» feixte einer.

«Genau!» sagte ich. «Meine stille Leidenschaft und Sehnsucht so was, schon von Kindesbeinen an!»

An der Tür wandte ich mich um. «Aber einer von Ihnen bleibt bitte hier, bis ich wieder da bin!»

«Okay», sagten alle vier fast gleichzeitig.

Auf dem Gang standen noch immer die Reporter um die zwei Putzfrauen herum. Sie drehten mir die Gesichter zu, als ich herauskam.

«Kein Kommentar», sagte ich, «tut mir leid. Die Personalien des Toten können Sie haben, wenn Sie wollen.» Und ich gab sie ihnen, obschon sie die auch im Büro Dr. Tüters gekriegt hätten. Es war ein Trostbonbon an Stelle einer Information. Bei der jungen Putzfrau mit dem verhärmten Gesicht erkundigte ich mich nach den Chefgemächern.

Strackmeier stand aus einem Rehledersessel auf, als ich nach kurzem Klopfen in seinen Thronsaal trat. Der Junior stand am Fenster und rauchte bereits wieder oder immer noch Zigarre.

«Haben Sie schon jemanden im Verdacht?» fragte der junge Mann herablassend.

«Es wird wohl das tapfere Schneiderlein gewesen sein», sagte ich, was naturgemäß auf Unverständnis stieß, da sie ja nichts von der scharfen Schere wußten. Ich sagte, daß ich für etwa zwei Stunden wegführe und bat, niemanden in die Räume der Ladicke-Abteilung zu lassen.

«Unser Personal kommt erst acht Uhr fünfzehn», sagte Strackmeier.

«Bis dahin bin ich wieder da», verkündete ich, machte einen kleinen Diener und ging, um weiteren blöden Fragen zu entgehen, schnell davon.

Das Haus am Mittelweg war eines der alten Gründerzeithäuser, in denen man aus vier Zehn-Zimmer-Wohnungen zehn Vier-Zimmer-Wohnungen gemacht hat, weil das rentabler ist und weil die höhere Bürgerschicht, die früher hier zu Hause war, sich heute in Bungalows, 20 Kilometer außerhalb der Stadt, vornehm fühlt.

Ladicke wohnte im zweiten Stock. Der Fahrstuhl funktionierte nicht. Ich kletterte die breite Treppe hinauf, die von schön gedrechseltem Geländer flankiert war, und bewunderte die künstlerischen Treppenhaus-Wandgemälde, Motive aus dem griechischen Sagenschatz – prompt, zwischen erstem und zweitem Stock, auch eine Leda.

Obgleich diese gemalte Leda kein Meisterwerk war, hätte ich sie dem fotografierten Nackedeipudding aus Ladickes Brieftasche ohne langes Überlegen vorgezogen. Zunächst mal jedoch zog ich die Schlüsseltasche, die dem Toten gehörte, probierte an der großen Flurtür mit den Jugendstilornamenten, welcher Schlüssel paßte. Als ich die Tür gerade auf hatte, wurde unten Milchflaschengeklapper laut, und ich beeilte mich, um nicht unbegründetes Mißtrauen zu erregen. Der Flur war dunkel und wurde, als ich den Lichtschalter fand und betätigte, auch nicht sehr viel heller, denn über jede der drei Wandleuchten war ein dunkelrot bespanntes Schirmchen gestülpt, so daß ich mich eher im Entree eines Striptease-Lokals als in einer Wohnung zu befinden glaubte.

Das erste Zimmer, das ich öffnete, war ein schmaler langer Schlauch, in dem ein Bett mit abgezogenem Bettzeug stand, ein leerer Kleiderschrank und ein alter, ebenfalls leerer sogenannter Sekretär aus Eiche. Daneben lehnten ein zusammengeklappter Sonnenschirm und ein Liegestuhl. Eine Blocktür führte auf einen kleinen Balkon, der zur Gartenseite hinausging und von grüngestrichenen Blumenkästen mit blühenden Geranien eingerahmt war. Sonst gab's da nichts zu sehen.

Das zweite Zimmer, in das ich vom Flur aus kam, war fast leer. Ein Tisch stand in der Mitte, rundherum sechs Stühle, ein Teewagen, eine schmale Anrichte, in der einige Teile Geschirr standen, ein Blumenständer mit ein paar kümmerlichen Kakteen am Fenster. An der einen Wand hing ein riesiger Druck nach einem niederländischen Freß-Stilleben, hübsch gerahmt. Der tote Hase im Vordergrund des Bildes sah mir zu, wie ich herumschnüffelte. Die Einrichtung des dritten Zimmers bestand vor allem aus einer quadratischen Couch von enormen Ausmaßen, die mit orangenem Wollflausch überdeckt war. Die frühen Sonnenstrahlen spielten auf dieser Couch Ringelreihen, und ich mußte für einen Moment die Augen schließen, so leuchtete das Orange. Der Fußboden war mit graphitfarbenem Spannteppich belegt, ein paar gemütlich aussehende Sessel standen herum, eine Musiktruhe, echt Rokoko imitiert, und eine Bücherwand vervollständigte das Interieur. Über der Couch hing – so groß hatte ich's noch nie gesehen – das Oberteil einer nackten Negerin aus Ton oder Plastik, gegenüber der Bücherwand prangte ein mächtiges Original-Ölgemälde in goldenem Barockrahmen, aufgewühlte See darstellend, «von Kalckreuth» unterschrieben.

Couch, Sessel, Musiktruhe und Kunst ließ ich außer acht und besichtigte eingehend die Bücherwand. Bei den Büchern – nicht sehr vielen – gab's wenig zu sehen. Es war meist Konfektion, Meterware, Halblederrücken, auf die Felix Dahn, John Knittel oder ähnliches in Goldbuchstaben geprägt war. Die großen Lücken im Regal waren mit Nippes aus den Touristengebieten Europas gefüllt: schwedische Holzpferdchen, geschnitzte Reiher aus Dalmatien, eine holländische Porzellanmühle, ein paar bayerische Bierkrüge mit Zinndeckel – und was der lieben Erinnerungen mehr sind. Ein halbes Dutzend Stoffpuppen fehlte auch nicht. In die Bücherwand eingebaut war ein Schreibschrank. Er stand offen. Ich kramte darin herum, fand nichts – außer, daß alles sehr ordentlich war. Sogar die Briefmarken waren, säuberlich nach Werten geordnet, in einem Umschlag aus Kunststoff, auf dem «Briefmarken» stand. Eines der Querfächer in der Schreibklappe war mit Briefbogen gefüllt. *Alfred*

*R. Ladicke* war darauf gedruckt. Ich erinnerte mich, daß er mit zweitem Namen Richard hieß. So ein zweiter Buchstabe mildert ja wohl den Komplex, ein Durchschnittsmensch zu sein, und verhindert Verwechslungen.

Ich überlegte, ob ich mich nicht auch in Zukunft Leo Ph. Klipp nennen oder es wenigstens auf meine Briefbogen drucken lassen sollte. Ph. macht sich besonders gut, so englisch.

Ladicke war ein Pedant gewesen. Nur sein Liebesleben schien etwas unordentlich abgelaufen zu sein. Aber die Bleistifte, Rotstifte, Blau- und Grünstifte, die Kugelschreiber und Federhalter lagen in Reih und Glied in verschiedenen Plastikschalen. Eine Schale für dies, eine für das, eine dritte, vierte... Kein angekauter Bleistiftstummel lümmelte sich etwa zwischen Federhaltern. Akkurat. Alles akkurat.

Ich klappte diese penetrante Ordnung zu und öffnete die Schranktür, die sich darunter befand. Da standen zwei Dutzend Leitzordner, ausgerichtet wie eine preußische Ehrenkompanie, und zeigten ihre mit sauberen Druckbuchstaben beschrifteten Rücken: «KORRESP. Familie vom 15.3.63 – 31.12.66/1» und «RECHNUNGEN/erledigt/Datum» und «KORRESP. mit Hauswirt» und so weiter. Großartig. Ich dachte an meine zerlederten Mappen zu Hause, in denen ich oft bis zur Verzweiflung irgendeinen alten Brief suchte... aber was war das? «KORRESP. A–K, H–Z», zwei Ordner ohne nähere Bezeichnung. Ich klappte den ersten auf: Ladickes gesammelte Liebesbriefe! Ich setzte mich auf den Teppich, nahm die erotische Registratur auf den Schoß und blätterte drauflos. Und ich fand veilchen- und lavendelduftende, rosa, hellblaue und chamois Ergüsse, nach Buchstaben – und zwar sinnigerweise zartfühlend nach den Anfangsbuchstaben der jeweiligen Vornamen – zusammen mit den Durchschlägen seiner – Ladickes – Antworten «abgelegt». Unter A waren es nur drei Damen, unter B gab's ein dreiviertel Dutzend, allein drei verschiedene Bettinen, unter C fand ich vier... «aber in Spanien, aber in Spanien tausend und mehr...» kam mir Leporello in den Sinn.

Die Briefe, die ich nur diagonal überflog, denn erstens hatte ich keine Zeit, sie genau zu lesen, und zweitens stand mir nicht der Sinn nach abgestandenen Schwüren – die Briefe also waren meist mehrere Seiten lang, einige waren mit Rosenblättern, andere mit Haarlocken, wieder andere mit Lippenabdrücken geziert. Ladickes Antworten, in Ton und Inhalt ziemlich ähnlich, waren dagegen nur kurz. Er hatte sich nicht mit Briefeschreiben aufgehalten, schien es. Hie und da war mal von Geld die Rede, von gemeinsamer Zukunft und lauter solche Sachen, die meine bisherige Meinung von dem Toten bekräftigten. Ich war schon drauf und dran, die Lektüre auf später zu verschieben, das heißt, die Ordner mitzunehmen und im Präsidium auswerten zu lassen – da fiel mein Blick auf einen weißen, schlichten Bogen. Es war der einzige unter F und es war kein Durchschlag einer Antwort dabei. Zuerst stutzte ich angesichts der Schrift. Es war eine intelligente, klare, wenn auch nervös und aufgeregt erscheinende, fast männliche Schrift. Und es waren nur fünf Zeilen. Keine Anrede, kein: «Einziges Schnuckelchen!» oder so. Es ging los: «Unterlassen Sie in Zukunft jeden Versuch, sich mir wieder zu nähern! Ich empfinde das nach dem Geschehenen als unverschämte Belästigung und werde mich bis zum Äußersten dagegen wehren. F. J.»

Das Datum war zehn Tage alt. Vom Donnerstag voriger Woche. Ich ertappte mich dabei, daß ich pfiff. Sehr behutsam nahm ich den Briefbogen aus dem Ordner, noch behutsamer faltete ich ihn, unter Zuhilfenahme meines Taschentuches, zusammen und legte ihn wie ein rohes Ei in meine Brieftasche. Quatsch. Ich habe noch nie ein rohes Ei in meine Brieftasche ... Genug!

Ich sah mir auch das letzte Zimmer an. Es war das Schlafzimmer des verblichenen Schwerenöters. Außer einer Reihe mittelmäßiger Aktzeichnungen neben und einem großen Spiegel gegenüber dem Bett, außer dem – aus einer verständlichen Voreingenommenheit geborenen – Gefühl, daß dies nicht der Schauplatz reiner Liebeslust gewesen sei ... außer diesen drei bemerkenswerten, aber unsachlichen Eindrücken fand ich nichts von Bedeutung in Herrn Ladickes Boudoir. Ungewöhnlich für seine Stellung war nur der Kleiderschrank, in dem siebzehn sehr gute Anzüge hingen, stapelweise Maßwäsche lag und drei Dutzend Paar teure Schuhe standen. Die kleine Küche noch: auch hier Ordnung und Akkuratesse. Sogar der Beutel mit der schmutzigen Wäsche unten im Besenschrank sah ordentlich aus. Ein Dutzend Weinflaschen in der Speisekammer, ein gebratenes halbes Huhn im Kühlschrank, allerlei scharfe und fremde Gewürze auf einem kleinen Bord über dem Herd ... sonst nichts. Man würde noch mal gründlicher suchen müssen, aber es ging jetzt auf acht, ich mußte zurück ins Warenhaus, um die eintreffenden Kollegen des Ermordeten ins Gebet zu nehmen.

Ich klemmte also die A–Z-Liebesbriefordner unter den Arm, schloß die Tür und verließ die Wohnung. Die Milchflasche vor der Flurtür ließ ich stehen, obschon ich großen Appetit auf einen halben Liter frischer Milch hatte.

Auf dem Rückweg ins Kaufhaus Weinheimer meditierte ich zwischen Ampeln, Vorfahrt, Einordnen und Schalten über den Fall Ladicke und kam zu dem vorläufigen Ergebnis, daß der Tote sein Privatleben – wie sagt man – «genossen» hatte und daß er die Gleichberechtigung der Frauen offenbar dahingehend ausgelegt hatte, daß er sich von ihnen für seine Dienste honorieren ließ. Ohne diese Einnahmen aus seiner horizontalen Nebenbeschäftigung, um nicht Hobby zu sagen, denn das würde nicht stimmen, weil ein richtiges Hobby eine Neigungssache sein muß, und das konnte ich in Anbetracht der Fotos nicht glauben – ohne diese Einnahmen also hätte sich Alfred R. Ladicke nicht so viele teure Anzüge und wahrscheinlich nicht mal diese Wohnung leisten können.

Ich mußte das überprüfen lassen: was hatte der Mann verdient? Was kostete die Wohnung in dieser Gegend? Hatte er Schulden? – Ich mußte, davor gruselte mir, die diversen Schnuckies und Putzies, Ledas und Häschen aufsuchen und herauskriegen, ob und um wieviel er sie geschröpft hatte. Möglicherweise lag da zwischen enttäuschter Liebe und unerfüllter Hoffnung und gekränktem Stolz irgendwo auch das Motiv für den Stich mit der Papierschere.

Von halb neun bis halb elf vernahm ich nacheinander die drei Angestellten des Kaufhauses Weinheimer, die direkt mit Ladicke zu tun gehabt hatten. Seine Sekretärin und eine der beiden Stenotypistinnen, denen er befehligt hatte, sagten zögernd und erst auf mein direktes Fragen hin aus, daß Ladicke «Manchmal ja, gewissermaßen, sozusagen, eine Art hatte, einen anzufassen, die nicht so ganz...», kurzum, der Herr Abteilungsleiter liebte es, oder richtiger hatte es geliebt, seine untergebenen Damen bei jeder Gelegenheit zu tätscheln, in den Popo zu kneifen oder sogar am Busen zu krabbeln, wenn sie es sich gefallen ließen.

«Und warum ließen Sie sich das gefallen?» fragte ich.

«Ach Gott, nun ja», sagte die Sekretärin, eine blasse Frau in den späten Dreißigern, die Millionärin gewesen wäre, wenn sie so viele Hundert-Mark-Scheine wie Sommersprossen gehabt hätte, «ach Gott, nun ja. Ich wollte ja auch keinen Ärger. Er konnte einen schon ganz hübsch schikanieren, wenn man mal ‹lassen Sie das doch› sagte. Aber mehr habe ich mir nie gefallen lassen», betonte sie mit solchem Nachdruck, daß ich das Gegenteil glaubte.

«Hat er mal Geld von Ihnen verlangt oder Sie angepumpt?» wollte ich wissen.

«Nein!» sagte sie.

Ganz ähnlich lauteten auch die Aussagen des zweiten Schreibmädchens. Das pummelige Ding mit einem Schmollmund à la Bardot und Fingern wie Cocktailwürstchen begann zu weinen, als ich etwas eingehender nach Ladickes innerdienstlichen Gewohnheiten fragte.

«Ich – ich verweigere die Auskunft!» sagte sie schluchzend, als ich brutal weiterbohrte: «Sie hatten ein Verhältnis mit ihm, nicht wahr?»

Nun, das genügte. Keine der beiden schien trotz der Tribute an «Zärtlichkeit», die sie oft und immer wieder hatten zahlen müssen, auf den Abteilungschef so wütend zu sein, daß sie an Mord gedacht hätte. Auf die Idee, die Leitung des Kaufhauses über die Gepflogenheiten des freundlichen Herrn aufzuklären, waren sie ebenfalls nicht gekommen.

«Das führt doch zu nichts», sagte die Sekretärin, «man wird in eine andere Abteilung versetzt, dort gilt man gleich von Anfang an als schwierig, und wer weiß, ob man's wieder so gut trifft, was die Arbeit anlangt!»

Ich gab's auf. Und das dritte Mädchen haßte ihren Chef nicht, obschon er es nie beachtet und wohl auch nie ein Wort mit ihm gesprochen hatte. Das konnte ich allerdings verstehen, denn dieses Geschöpf war zu grau und unscheinbar und ungepflegt – und Geld hatte es offenbar auch keins.

In einer Beziehung allerdings kam ich einen Schritt vorwärts: Die Befragten erkannten übereinstimmend nach den vorgelegten Fotos (bei den Aktbildern wurden sie sogar richtig rot, alle drei) das Mädchen mit dem hübschen Profil. Zwar wußte keiner den Namen, aber sie wußten mit Sicherheit, daß dies eine Angestellte des Kaufhauses sei. «Irgendso 'n norddeutscher Name», sagte die Sekretärin, «Clausen oder Frensen oder so ähnlich ...» Ich ging an den draußen auf dem Gang versammelten Angestellten vorbei zu Dr. Tüters Büro und zeigte dem Personalchef die Bilder. Eine der älteren Favoritinnen des Toten – stellte sich heraus – war früher mal Verkäuferin gewesen, und das Mädchen mit dem guten Profil war Substitutin in der Spielwarenabteilung und hieß Jansen.

«Vorname?» fragte ich.

Dr. Tüter mußte sich die Personalakte kommen lassen. «Franziska», sagte er nach einem Blick in die Papiere.

«Franziska Jansen», wiederholte ich, «F. J. – und wo ist sie, bitte? Können Sie sie gleich mal heraufbitten?»

Dr. Tüter wählte die Nummer eines Hausanschlusses und fragte nach Fräulein Jansen.

«Wie bitte?» fragte er. «In Urlaub? – Sie ist in Urlaub», sagte er erleichtert zu mir.

«Seit wann?» fragte ich.

«Seit wann?» gab er die Frage weiter. Seine Erleichterung fiel zusammen. «Seit Sonnabend!» sagte er.

«Also war sie Sonnabend noch hier?» Ich blieb hartnäckig.

«Ja», sagte er kleinlaut.

«Bitte, geben Sie mir die Personalakte zu treuen Händen», sagte ich.

«Aber Sie verdächtigen doch nicht im Ernst Fräulein Jansen, Herr Klipp?» Er war ganz verstört. Sein rotes Gesicht unter dem rotblonden Haar bekam einen Stich ins Violette.

«Warum nicht?» fragte ich. «Und was heißt im Ernst, Herr Dr. Tüter? Im Spaß verdächtigt man ja wohl niemand eines Mordes, wie? Außerdem verdächtige ich Fräulein Jansen genauso viel oder genauso wenig wie zunächst alle Damen, mit denen Ihr feiner Herr Ladicke seine feinen Späßchen gemacht hat. Irgendwo muß man ja ansetzen mit der Wünschelrute, wenn man eine Quelle finden will, nicht?»

«Ja, ja», sagte der rotblond-violette Doktor, «das verstehe ich schon, aber ausgerechnet Fräulein Jansen ...» Er ließ offen, was ausgerechnet Fräulein Jansen von dem Verdacht ausnahm, einen zudringlichen Kerl umzubringen.

Ich schwieg.

«Und was, bitte, meinen Sie mit ‹Späßchen›, die Herr Ladicke machte?» fragte er.

Da gab ich ihm eine kurze, aber deutliche Schilderung der Situation in der Abteilung E und verkniff mir nicht, den Satz anzuschließen, daß ein versierter Personalchef mit solchen Dingen ja wohl vertraut sein und rechnen müsse wie der Briefträger mit dem Hundebiß.

Der bunte Herr mit dem Doktortitel sperrte entgeistert sein Mäulchen auf und glotzte mich an, als hätte ich gerade mehrere Kaninchen aus einem Zylinder geholt.

Ich ließ ihn mit den Kaninchen allein und ging meiner Wege, das heißt, neuen Vernehmungen entgegen.

Ich wollte eigentlich direkt zur Spielwarenabteilung, um dort ein wenig herumzuhorchen, aber ich wurde aufgehalten. Vor der Tür von Ladickes Zimmer stand eine sehr blonde Frau in einem hübschen Sommerkleid aus Organdy, das mit suppentellergroßen Phantasieblumen bedruckt war.

«Herr Kriminalkommissar Klipp?» sprach sie mich an, als ich vorbeiging.

«Stimmt», sagte ich und blieb stehen. «Was kann ich für Sie tun?»

«Zieroth», sagte sie.

«Angenehm», sagte ich, und das war nicht gelogen; sie sah sehr attraktiv aus. Ihr Ausschnitt hatte genau die Weite, die Männer unsicher macht – oder sicher, je nach Temperament. Ihre Augen waren so geschickt umrandet, daß sie wie eine glutäugige Sirene wirkte, ihr Mund war sehr groß und sehr rot.

«Ich dachte, ich müßte Sie über eine Beobachtung informieren, im Zusammenhang mit ... mit ...» Sie brach ab.

«Treten Sie näher, Frau Zieroth», sagte ich, denn ich hatte ihren Trauring bemerkt. «Treten Sie ein, ich stehe gern zu Ihrer Verfügung.» Ich öffnete die Tür zu Ladickes Vorzimmer.

Sie spielte einen kleinen Schauder. «Da hinein?» fragte sie.

«Keine Angst», beruhigte ich sie, «der Tote ist schon weg.»

Sie ging zögernd hinein, ich schloß die Tür hinter uns und bat sie mit einer Handbewegung in den rechten Raum, in dem auch die Putzfrauen heute morgen gewartet hatten. Eine ganze Reihe von Rollschränken stand darin und der Schreibmaschinentisch des einen Tippfräuleins, das «jede Auskunft» verweigert hatte.

«Bitte nehmen Sie Platz!» sagte ich, wies auf den Schreibtischstuhl und lehnte mich, als sie saß und die wohlgeformten Beine dekorativ übereinandergeschlagen hatte, gegen einen Rollschrank. «Also, dann schießen Sie man los!»

«Ich bin am Samstagmittag nach ein Uhr noch einmal hier oben gewesen, um zu sehen, ob mein Mann noch da war ...» begann sie.

«Ihr Mann?» fiel ich ein.

«Ja – er ist Assistent in der Abteilung B, und wir fahren immer zusammen nach Hause, meistens wartet er hier auf mich. Aber am Samstag saß er bereits unten im Auto vor der Tiefgarage. Hier oben war alles schon ruhig. Samstags schließen wir um halb eins. Ich hatte noch meine

Kasse abgeliefert und mich mit der Hauptkassiererin ein paar Minuten verschwatzt. Hier war alles schon weg ...»

«Wie spät war das?» fragte ich.

«Zwanzig Minuten nach eins.»

«Das wissen Sie so genau?»

«Ja, weil ... mein Mann hat mich dann angemeckert, als ich runterkam – fast eine halbe Stunde hätte ich ihn warten lassen und so.»

«Gut», sagte ich. «Und weiter?»

«Hier war also, wie gesagt, alles schon ruhig. Nur vor der Flügeltür zur Kantine stand noch der Herr Ladicke mit der Kollegin Jansen ...»

«Franziska Jansen?» warf ich ein. «Aus der Spielwarenabteilung?»

«Spielwaren stimmt», nickte die großgeblümte Frau Zieroth eifrig. «Ob sie aber Franziska heißt, das ...»

«Ja – weiter!» sagte ich, angelte mir eine Zigarette aus der Jackentasche und vergaß vor Spannung, auch der Frau Zieroth eine anzubieten.

«Darf ich auch rauchen?» fragte sie und öffnete ihre Handtasche.

Ich entschuldigte mich, reichte ihr meine Schachtel und gab ihr Feuer.

«Sie stritten sich», sagte sie. Der Rauch des ersten Zuges quoll aus ihrem großen Mund.

«So?» sagte ich. «Sie stritten sich? Laut?»

«Nein, natürlich nicht laut – aber es war klar, daß es da Streit gab. Als ich näher kam, verstummte Ladicke und mimte ein Lächeln und grüßte. Aber die Jansen sah ihn böse an und hatte ganz schmale Lippen und eine tiefe Falte zwischen den Augen. Ich bin dann mit dem Fahrstuhl runtergefahren ... Das ist alles; mehr weiß ich nicht.»

«Schönen Dank, Frau Zieroth», sagte ich. «Wo finde ich Sie, wenn ich noch Fragen haben sollte?»

«Ich bin Directrice in der Damenkonfektion. Zweiter Stock.»

«Schönen Dank», wiederholte ich.

Sie stand auf, reichte mir die Hand, drückte ihre Zigarette aus und ging.

Ich setzte mich an Ladickes Schreibtisch und dachte nach, ohne den Stein der Weisen zu finden. Dr. Tüter kam. Er hatte sich von meinem Kinsey-Report über sein Haus erholt. Er bat, mir die drei Hausdetektive vorstellen zu dürfen, falls ich ihre Hilfe irgendwie brauchen sollte. Es waren drei Männer ohne jedes Merkmal – wie das ja wohl sein muß. Sie gaben sich forsch-kollegial und ich machte sie, glaube ich, glücklich, als ich «Meine Herren Kollegen» zu ihnen sagte und sie bat, neben ihrer gewiß anstrengenden Tätigkeit der Kundenüberwachung ein Ohr auf Gespräche zwischen den Verkäuferinnen und Verkäufern zu haben und mir Bescheid zu sagen, falls sich daraus irgendwelche Hinweise ergäben. Dann ließ ich mich von dem einen Mann ohne Gesicht in die Spielwarenabteilung führen. Ich hätte sie auch allein gefunden, aber es machte sich besser so. Vorher erlaubte ich den Damen aus Ladickes Abteilung noch, an ihre Schreibtische zurückzukehren. Das Zimmer des Toten aber verschloß ich und nahm den Schlüssel an mich – obschon ich sowieso nicht glaubte, daß sich eines der weiblichen Wesen hineinwagen würde.

In der Spielwarenabteilung erfuhr ich von einer alten Verkäuferin mit netten Augen, daß Franziska Jansen in letzter Zeit «Na – manchmal ein bißchen geistesabwesend, ja? Oder zerstreut...» gewesen sei. Neulich hatte sie doch die Schuco-Autos in das Regal mit den Puppenkleidern einordnen wollen – und überhaupt.

«Aber besonders aufgeregt? Am Sonnabend? Nein – eigentlich nicht. Ich habe mich sogar noch gewundert, daß sie nicht aufgeregter war.»

«Wieso?» fragte ich.

«Nun, vor Reisefieber», gab die Verkäuferin zurück, «wo sie doch am Nachmittag nach Jugoslawien fuhr! Also, ich hätte da...»

«Jugoslawien?» warf ich ein.

«Ja, für drei Wochen an die Adria», berichtete die Frau. «Schick, nicht? Hat sie 'n dreiviertel Jahr drauf gespart. Die haben's gut, die alleinstehenden jungen Dinger. Unsereins kann sich so was nicht leisten. Ich sag immer zu meinem Mann...»

«Wissen Sie zufällig den Ort, wohin Fräulein Jansen gefahren ist?» unterbrach ich die Suada.

Aber das wußte die Frau nicht. «Irgendwas mit einem a am Ende», sagte sie. Sie überlegte und nannte mehrere Namen, die nicht sehr... Was sprechen sie eigentlich in Jugoslawien?... nicht sehr Serbokroatisch klangen.

«Und welche Reisegesellschaft?» fragte ich.

Sie sagte mir das Reiseunternehmen.

Jugoslawien... Mir blitzte der absurde Gedanke durch den Kopf, daß ich natürlich sofort hinter der Hauptverdächtigen herfahren müsse. Aber ich lachte mich selber aus. Der Polizeichef, der mir so eine Reise genehmigen würde, bloß auf ein Foto, ein paar Briefzeilen, eine vage Zeugenaussage hin – der war noch nicht im Amt, wenn überhaupt schon geboren. Dabei hatte ich schon immer gern an die jugoslawische Adria gewollt – und jetzt, Ende August... herrlich!

Ich verließ das Kaufhaus und fand, daß die Stadt noch nie so gestunken hatte wie jetzt. Ein geradezu unwiderstehlicher Appetit nach warmem Mittelmeerwind, nach sonnenbeschienenen Felsen am Rande tiefblauen Wassers überkam mich. Aber ich hatte, wie alle Unverheirateten, um diese Jahreszeit nicht die geringste Chance für Urlaub. Also fuhr ich in meinem heißen, stickigen Auto durch die heißen, stickigen Straßen der Stadt und schimpfte vor mich hin.

Es war kurz nach elf, als ich vor der Wohnungstür im ersten Stock des neuen Hauses in Othmarschen klingelte. Auf einem kleinen Messingschild stand *Jansen* neben der Klingel. Darunter war ein kleines, altmodisches Emailleschild, auf dem in verschnörkelter gotischer Schrift *Helene Meiselbach* zu lesen war.

Drinnen wurden Schritte laut. Die Tür ging einen Spalt auf. «Danke, wir kaufen nichts!» sagte das Stückchen Altfrauengesicht, das ich durch den Türspalt sah.

Das passiert mir immer wieder. Ich muß etwas an mir haben, das an Staubsaugervertreter erinnert. Vielleicht liegt es an meinem seriösen Äußeren. Die Tür war jedenfalls wieder zu.

Ich klingelte noch einmal. Als der Spalt wieder aufging, sagte ich: «Kriminalpolizei!» und zückte meine Marke.

«O Gott!» sagte die alte Dame und öffnete weit.

Immer sagen die Leute *O Gott!*, wenn ich *Kriminalpolizei* sage. Dabei hat mein Auftreten in den seltensten Fällen mit religiösen Dingen zu tun.

«Ist was mit Franziska?» fragte die alte Dame und teilte mir unaufgefordert mit, sie sei Helene Meiselbach – *Fräulein* Helene Meiselbach –, die Tante von Franziska Jansen.

«Nein», sagte ich, «es ist nichts mit ihr. Nicht daß ich wüßte. Aber ich habe da ein paar Fragen ... Darf ich reinkommen, Fräulein Meiselbach? Klipp ist mein Name. Oder wollen Sie lieber im Treppenhaus ...?»

«Nein, nein!» sagte Fräulein Helene Meiselbach entsetzt. «Treten Sie bitte näher!»

Das erste, was ich sah, war eine hellgraue Kostümjacke. Sie hing über einem Bügel neben dem Spiegel der Flurgarderobe. Auf dem rechten Ärmel dieser Jacke waren deutlich ein paar dunkelrotbraune Flecken zu sehen. Ich ging, ohne mich um Fräulein Meiselbach zu kümmern, auf diesen Jackenärmel zu, hob ihn an, schnupperte an den Flecken, machte meinen rechten Mittelfinger mit Spucke naß und rieb an dem Rotbraunen herum und wußte nun, was es war.

Es war Blut.

## 2

«Was machen Sie denn da?» rief Fräulein Meiselbach erschrocken.

«Komische Flecken sind das», sagte ich und sah sie an.

«Wieso komisch?» fragte sie. «Es ist Blut – meine Nichte hat sich den Daumen aufgerissen beim Kofferpacken, und ...»

«Waren Sie dabei, als das passierte?»

«Nein – wieso?»

«Im Kaufhaus Weinheimer ist heute morgen ein Mann erstochen aufgefunden worden», sagte ich leise. «Er ist seit Sonnabend tot. Ihre Nichte war mit ihm bekannt. Er trug sogar ihr Foto in seiner Brieftasche. Sie ist als letzte mit ihm gesehen worden. Es gibt einen Brief von ihr an ihn, der nicht sehr freundlich ist. Und nun hat sie zufällig auch noch Blut am Ärmel ihrer Kostümjacke ... Fräulein Meiselbach, was wissen Sie von diesen seltsamen Zusammenhängen?»

Viel blöder hätte ich's kaum anfangen können, denn das, was nun geschah, wäre vorauszusehen gewesen: Fräulein Meiselbach riß die Augen weit auf, wurde käseweiß und ging Schritt für Schritt langsam rückwärts. Sie erreichte die Wand neben der offenen Küchentür, sah mich an wie den Gottseibeiuns und öffnete den Mund, um irgendwas zu sagen. Aber es kam nur ein Stöhnen heraus, dann glitt sie sacht zu Boden und war, noch ehe ich zuspringen konnte, besinnungslos mit dem Kopf auf den Flurläufer aus blauem Kokos gebumst.

«Hornvieh!» sagte ich zu mir und zeigte mir im Garderobenspiegel einen Vogel. Dann stieg ich, so schnell und behutsam es ging, über die Ohnmächtige hinweg, lief in die Küche, machte ein Küchenhandtuch unter dem Wasserhahn naß und packte es ihr aufs Gesicht. Sie kam rasch wieder zu sich; ich half ihr, sich aufzurichten. Ohne einen Laut ließ sie sich von mir in die Küche führen, wo sie auf einen Stuhl sank, als hätte sie einen Dreißig-Kilometer-Marsch hinter sich. Jetzt erst fand ich Zeit, sie mir näher anzusehen. Sie hatte dichtes graues Haar, das über die Stirn zipfelte, eine runde kleine, großporige Nase und darunter einen winzigen Mund, der aussah, als wollte sie «Hühnchen» sagen. Ihre Augen waren schmal und wasserhell zwischen vielen kleinen Falten und Wülsten. Ihre Hände, mollige, überraschend jung wirkende Hände, zitterten auf ihrem Schoß.

«Entschuldigen Sie vielmals», sagte ich, «aber das habe ich nicht gewollt!»

«Meine Nichte», wisperte sie, «ist keine... keine...» Sie brach ab. «Sie hat es nicht getan! Das ist ganz ausgeschlossen!»

«Hm», machte ich nur und setzte mich ihr gegenüber. «Wissen Sie irgendwas von einem Herrn Ladicke? Alfred Ladicke?»

Sie schüttelte den Kopf. «Ist das...?»

«Ja, der Tote.»

«Nein», sagte sie. «Franziska... Meine Nichte hat diesen Namen nie erwähnt!»

«War sie verändert in der letzten Zeit? Stiller als sonst? Aufgeregter? Unruhiger?»

«Nein. Ein bißchen nervös, ja – aber sie hatte über ein Jahr keinen Urlaub. Und dann die Abendkurse, zweimal die Woche bis halb elf. Englisch. Weil sie doch da rauswollte. Ich meine aus dem Kaufhaus. Aus diesem Beruf.»

«Hat sie einen Freund?»

«Ja sicher, eine Menge Freunde und Freundinnen. Sie machen mal eine Party, wie das heute heißt, oder sie gehen irgendwohin zum Tanzen oder zum Baden und so. Aber wenn Sie was Festes meinen, was Ernstes – nein. Das wüßte ich sicher.»

«Ist sie allein in Urlaub gefahren?»

«Ja, allein», nickte Fräulein Meiselbach.

«Und wohin?»

«Ich gebe Ihnen die Adresse», sagte sie, erhob sich und ging zur Küchentür.

«Darf ich mal einen Blick in das Zimmer Ihrer Nichte werfen?» fragte ich.

«Muß das sein?» Sie sah mich über die Schulter an.

«Ja», sagte ich. «Ich habe zwar keinen Haussuchungsbefehl, aber den könnte ich gleich bekommen, wenn Sie darauf bestehen.»

«Wie das klingt!» meinte sie mit ängstlichem Kopfschütteln. «Wie das alles klingt: Kriminalpolizei, der Tote, Haussuchungsbefehl...»

«Machen Sie es mir doch bitte nicht schwerer, als es schon ist», sagte ich. «Ich würde manchmal auch lieber Fahrkarten knipsen...»

«Kommen Sie schon», sagte sie. «Sie werden nichts finden, was meine Nichte belastet. Das Mädchen tut nichts Böses.»

Und während wir über den Flur zu Franziska Jansens Zimmer gingen, fuhr sie fort: «Ich wollte gerade ausgehen. Wenn ich nur eine Viertelstunde früher aus dem Haus gegangen wäre, dann hätten Sie die Jacke nicht gesehen. Die soll ich nämlich zur Reinigung bringen...»

Ich antwortete nicht.

Das Zimmer des Mädchens war überraschend hübsch eingerichtet. Helle Schwedenmöbel aus seidig glänzendem Holz mit einfarbigen Bezügen, ein niedriger runder Tisch mit einer schweren blauen Schieferplatte, ein offenes Bücherregal, das jene Unordnung zeigte, die sympathisch ist, ein großer, lustiger Druck nach Miró, bißchen viel Bast und Kunstgewerbe – aber kein Kitsch dabei – und ein kleiner Schreibtisch, auf dem ein paar Lehrbücher lagen.

«Wo schläft Ihre Nichte denn?» fragte ich.

«Nebenan.» Fräulein Meiselbach führte mich in eine schmale Kammer, in der ein Bett, ein Schrank und eine Kommode standen. Über dem Bett eine Handvoll kleiner Bilder, Reproduktionen, Picassos Harlekin, Marcs Tiger und so ein Spruch von Rabindranath Tagore: «Ich schlief und träumte, das Leben wäre Freude. Ich erwachte und sah, das Leben war Pflicht. Ich arbeitete und siehe, die Pflicht war Freude...» oder so ähnlich.

Na ja, sie war zweiundzwanzig. Da findet man so was noch weltbewegend.

Ich hatte plötzlich eine unpassende Assoziation – ich dachte an Faust in Gretchens Stube: «Dies Kind – kein Engel hält so rein...»

Ich verscheuchte die Assoziation sehr schnell, verdrückte ein Grinsen, spürte großen Appetit auf eine Zigarette, mochte aber nicht fragen, und ging zurück in das Wohnzimmer der möglichen Mörderin – immer die Tante auf den Fersen, die mich stumm und mißbilligend und angstvoll ansah. Ich blätterte oberflächlich in den Lehrbüchern: Learning English, 2. Band und das dazugehörige Grammatikbuch... Ich schob die Schublade des kleinen Schreibtischs auf und zu, ohne daß mir ein Finger des Ermordeten entgegenfiel. Es hatte seiner Leiche ja auch keiner gefehlt.

«Tja», sagte ich, «es tut mir ja leid, Fräulein Meiselbach, aber ein paar Kleinigkeiten muß ich – außer der Urlaubsadresse Ihrer Nichte – zur Untersuchung mitnehmen!»

«Ich weiß nicht...» sagte sie in einer rührenden Mischung aus Zaghaftigkeit, Obrigkeitsfurcht und Aufsässigkeit.

Sie gab mir, wieder einmal, ein Beispiel, warum in diesem Land keine Revolutionen gelingen. Was sich die Leute, mit denen ich dienstlich zu tun habe, von mir, ohne – oder nur mit zaghaftem, schüchternem – Widerspruch gefallen lassen, das ließe ich mir von niemandem gefallen. Von mir schon gar nicht.

Wir sprachen manchmal im Präsidium darüber. Einige meiner Kollegen – so etwa Feuerhack, von dem noch die Rede sein wird – meinten, diese Haltung sei ein Ausdruck von schlechtem Gewissen. Ich bestreite das. Sie gehört zur Mentalität dieser Nation. «Wem Gott ein Amt gibt...», dem gibt er auch Macht. Und Macht ist was, wovor hier die Leute einen Respekt haben, wie anderwärts vor Gewitter, Hunger, Krankheit und Tod. Aber na, wir werden's kaum ändern.

Ich beschlagnahmte also eine Mappe aus Franziska Jansens Schreibtischschublade, in der ein Stoß Briefe war. Ein weiteres Bündel Briefe, ein dickes Wachstuchheft, das sich als vollbeschriebenes Tagebuch erwies, letztes Eintragsdatum Juni dieses Jahres, die Kostümjacke sowie ein Handspiegel von der Schlafzimmerkommode, den Fräulein Meiselbach, so sagte sie, nicht berührt hatte, der aber wunderschöne Fingerabdrücke aufwies, die also nur von dem Mädchen Franziska stammen konnten.

Leise schluchzend gab mir die Tante eine große Papiertüte, um alles zu verstauen, und schrieb schließlich mit zitternder Hand auf die Rückseite eines Kalenderblatts: «Franziska Jansen, z. Z. Hotel Venezia, Jelsa, Insel Hvar, Jugoslawien.»

Ich bedankte mich betont höflich und sagte, daß ja durchaus noch nichts erwiesen sei, sie solle sich um Himmels willen keine unnötigen Sorgen machen, möglicherweise ginge alles gut aus... Und was der Trostpflastersprüche mehr sind.

Sie fragte: «Sagen Sie mir denn wohl bitte Bescheid, sobald sich herausstellt, daß Franziska es nicht...?»

«Ja, sofort!» versprach ich. «Haben Sie Telefon?»

«Ja.» Sie gab mir die Nummer.

Ich bedankte mich und zog ab.

Im Kaufhaus Weinheimer, in dessen Nähe ich ewig keinen Parkplatz fand, holte ich mir noch die Personalakte der Verkäuferin – Pardon, Substitutin – Franziska Jansen, meldete mich bei Herrn Strackmeier senior fürs erste ab, was, von ihm aus, knapp, kühl und reserviert vor sich ging, als hätte ich ihm den Schlamassel eingebrockt – und fuhr dann aufs Präsidium. Dort ging ich gleich zum Chef und gab ihm Bericht, was ich bisher getan und weiter zu tun vorhatte.

«Das sieht soweit ja nicht allzu schwierig aus, was?» knarrte er. «Bei so 'nem Weiberverbrauch ist immer ein gewaltsames Happy-End drin, nicht? Übrigens könnten Sie sich mit dem Betrugsdezernat in Verbindung setzen und denen die Geburts- und Abschußdaten des verblichenen Herzensknickers geben. Es war da neulich in der Konferenz von einer wachsenden Zahl ungeklärter Heiratsschwindeleien die Rede, vielleicht... Schaden kann's nie!»

«Jawohl», sagte ich und ging an die Arbeit.

Ich gab ein Fernschreiben an Interpol auf, mit der Bitte, festzustellen, ob ein Fräulein Jansen, anbei Beschreibung, unter der angegebenen Urlaubsadresse zu erreichen sei. Aber der Dorfgendarm in Jelsa möge bitte sehr vorsichtig recherchieren, fügte ich ausdrücklich hinzu.

Mein Telefon klingelte. Redaktion Revolverblatt. Der Reporter von vorhin. Vorhin? Das war drei Stunden her. Wie die Zeit vergeht!

«Herr Oberkommissar Klipp», sagte er, «ich habe da eine Information im Mordfall Kaufhaus Weinheimer. Eine Franziska Jansen soll als Täterin in Frage kommen. Stimmt da was dran?»

«Wer zum Kuckuck hat Ihnen diesen Quatsch erzählt in drei Teufels Namen?» fluchte ich los. Das war falsch. Ich hätte: «Jansen? oder wie? – nee, nie gehört, muß eine Verwechslung sein!» sagen müssen. Aber so, als ich expodierte, war's eigentlich klar, daß was dran war. Scheibenkleister.

«Ich bin nicht befugt, meinen Informanten zu nennen», gab der Reporter – mit Triumphtrompete im Hintergrund seiner Stimme – kühl zurück.

«Sie vergessen, Wertester», sagte ich, jetzt gefaßt, «daß es sich um ein Kapitalverbrechen handelt. Wer hat also dummes Zeug gequatscht?»

«Bedaure!» sagte er. «Schönen Dank!» und legte auf.

Den würde ich mir kaufen!

Auf alle Fälle rief ich die Tante Meiselbach an.

«Hier Klipp», sagte ich, «Fräulein Meiselbach, hören Sie gut zu: wenn irgend jemand von irgendeiner Zeitung kommt, sagen Sie kein Wort, verstanden? Sie schaden Ihrer Nichte sonst nur!»

«Vielen Dank», schluchzte die Tante, «aber da war schon einer hier, der hat...»

Zu spät. Wenn es um Sensationen geht, sind die Brüder wach wie die Füchse bei Einbruch der Dunkelheit.

Ich rief das Kaufhaus an und ließ mir die attraktive Frau Zieroth an den Apparat holen.

«Haben Sie jemandem von der Presse irgend etwas erzählt?» fragte ich.

«Nein», sagte sie.

«Ich hänge Sie auf, wenn ich's rauskriege, Frau Zieroth», sagte ich. «Außer Ihnen kann nur der Dr. Tüter geredet haben, und dem traue ich's nicht zu. Der wird seine eigene Firma nicht allzu gern in diesem Zusammenhang auf der Titelseite wiederfinden wollen.»

«Ich war's nicht!» stammelte Frau Zieroth kleinlaut.

Ich hängte ein. Unser Handschriftenfritze, dem ich Franziska Jansens Tagebuch, ein paar ihrer Briefe und auch ihren Brief an Ladicke gegeben hatte, gab Bescheid. Ja, es sei die gleiche Schrift, kein Irrtum möglich.

Ich hatte die Profilaufnahme des Mädchens gegen den Zettelkasten auf meinem Schreibtisch gelehnt. Gut sah das Fräulein aus. Ich schaute sie an und spielte mit dem Bleistift und überlegte, was sie jetzt wohl täte. Es ging auf halb zwölf. Die Stadt waberte in der Augusthitze. Mein nüchternes Dienstzimmer roch nach kaltem Zigarettenrauch, nach Papier, billigem Bohnerwachs und Staub. Ob Fräulein Jansen wohl in diesem Augenblick im Mittelmeer plätscherte?

Wenn sie Sonnabend nachmittag abgefahren war, mußte sie jetzt schon eine Weile am Ziel sein. Vielleicht packte sie auch gerade ihre Koffer aus im Hotelzimmer. Oder sie stand auf dem Balkon und sah den Booten zu, die über das blaue Wasser glitten. Vielleicht roch es aus der Hotelküche nach Paprika und heißem Öl und Knoblauch und scharfgebratenem Fleisch ... oder war sie gar nicht dort in Jelsa? Und wo war sie sonst? Wieder das Telefon. Nicht mal in Ruhe spinnen kann man. Wie gut hat's der alte Sherlock Holmes da gehabt: Rotwein, Pfeife, Füße am Kamin – was mir jetzt zwar zu warm wäre ...

«Ja? Klipp», sagte ich in die Muschel. Das Labor: «Die Blutflecken auf der Jacke, Herr Oberkommissar, sind aus derselben Blutgruppe, die der Ermordete hat ...» Es folgte eine Reihe wissenschaftlicher Ausdrücke, ohne die es bei denen nicht geht. Ich hörte zu, ohne zuzuhören, und schaute das Foto des Mädchens an.

Armes Luder! dachte ich ... «Schönen Dank!» sagte ich ins Telefon.

«Ich geb's Ihnen noch schriftlich rauf», sagte der Kollege vom Labor.

«Okay», sagte ich. «Ende!»

Knapp neun Stunden später saß ich im Jugoslawien-Expreß. Als ich meinen Koffer auf die Abstellfläche neben der oberen Liege hatte wuchten wollen, war er mir aus der Hand gerutscht und hatte mir eine Beule auf die Stirn gebumst, die in Sekundenschnelle die Größe eines halben Hühnereies annahm. Jetzt saß ich, betastete die Beule und ließ die Ereignisse dieses Tages an mir vorüberziehen wie einen Film:

Halb vier war das Fernschreiben von Interpol gekommen: «Ja, die gesuchte Jansen sei in Jelsa anwesend.»

Um vier saß ich mit Feuerhack zusammen beim Chef.

«Ich habe mit Wiesbaden telefoniert», sagte der Chef, «es besteht so gut wie keine Chance, daß die Jugos das Mädchen ausliefern. Die Indizien – sagt Wiesbaden – reichen nicht aus.»

«Aber die Blutgruppe?» warf ich ein.

Der Chef zuckte die Achseln: «Wir haben keinen Auslieferungsvertrag mit denen!»

«Wenn einer hinfahren könnte und die Jansen sehen und sprechen –

vielleicht könnte er ja ein Geständnis kriegen», sagte ich nachdenklich, «– dann wäre es klar!»

«Das könnt Ihnen wohl so passen, Adria!» meckerte Feuerhack, der mich seit dem Fall Joosten gefressen hat wie grüne Seife, weil ich ihm, wirklich ohne es zu wollen, damals die Schau gestohlen habe, als ich mit dem Täter ankam, während er gerade einen anderen verhaftet hatte.

Der Chef sagte gar nichts.

«Und Sie glauben, die reicht dann dem Beamten das Händchen und läßt sich in die teure Heimat führen, um hier ins Kittchen zu gehen, Klipp?» fragte er schließlich.

«Das nicht. Aber wenn sie gesteht, kriegen wir die Auslieferung durch», erwiderte ich.

«Soweit sie's überhaupt war», gab Feuerhack seinen Senf dazu und plierte mich aus seinen Bernhardineraugen an, die ihm den Spitznamen Bello eingebracht haben. Der Chef fuhr sich mit dem rechten Mittelfinger an der Oberlippe hin und her, was bei ihm ein Zeichen von Nachdenken ist. Wir ehrten seine geistige Tätigkeit durch ehrfürchtiges Schweigen.

Eine eingesperrte Hummel brummte an der Fensterscheibe. Ich stand auf und ließ sie ins Freie. Hier drinnen gab es keinen Blütenstaub – sonst genug. Aber keinen auf Blüten.

Plötzlich erhob sich der Chef und sagte: «Warten Sie hier, bitte!» und verließ das Zimmer.

«Da bin ich aber gespannt!» knurrte Feuerhack.

«Ich auch!» sagte ich.

Wir waren seit langer Zeit zum erstenmal einer Meinung. Aber so überschäumend war unsere Einmütigkeit nun auch wieder nicht, daß wir etwa in ein Gespräch ausgebrochen wären. Zehn Minuten saßen wir also stumm und rauchten und warteten. Einmal klingelte das Telefon, aber keiner von uns beiden nahm den Hörer ab. Sechsmal schepperte die Glocke, dann war es wieder still.

Ich mochte nicht mehr sitzen, aber als ich gerade aufstehen wollte, um zum Fenster zu gehen, kam der Chef zurück.

«Ist Ihr Paß in Ordnung, Klipp?» sagte er.

«Jawohl!» sagte ich überrascht.

«Der Präsident ist einverstanden. Sie fahren so schnell wie möglich in dieses Kaff da unten, Jelsa oder wie, und nehmen sich die Dame Jansen vor. Wir meinen, Sie sollten als Urlauber auftreten und den Kriminalisten so lange im Koffer lassen, bis Sie wissen, ob sich unser Tatverdacht bestätigt und so weiter, klar?»

«Jawoll», sagte ich. Ich schielte zu Feuerhack. Der saß mit zusammengezogenen Augenbrauen und biß sich auf die Unterlippe.

Der Chef fuhr fort: «Sie übergeben die ganze Sache an Feuerhack. Soweit hier weitergearbeitet werden kann, machen Sie das, Herr Feuerhack, nicht wahr?»

«Jawoll», sagte Feuerhack, «ich sitz zwar gerade bis an den Hals in der Schmuggelsache. Der Tod dieses griechischen Stewards ist ja doch zweifelhaft, denn ...»

«Na schön», warf der Chef ein, «aber die paar Vernehmungen, die sich bei Weinheimer und bei den Bräuten des ermordeten Ladicke ergeben, die können Sie ja wohl noch schaffen, denke ich.»

Feuerhack brummelte, aber der Chef ging drüber weg.

«Frau Kiebitz soll Ihnen behilflich sein, Klipp, damit Sie fix loskommen. Ich sag ihr Bescheid. Viel Erfolg! Und –» er lächelte und gab mir die Hand – «kommen Sie gelegentlich wieder!»

Als wir draußen waren, sagte Feuerhack bissig: «Bloß gut, daß Ihre Mörderin nicht auf Bali Urlaub macht, sonst müßten Sie auf Kosten des Steuerzahlers in die Südsee.»

«Ja», erwiderte ich, «mit Ihren paar Groschen Steuern wäre das wohl kaum zu machen.»

Er schluckte.

Ich fuhr fort: «Ich schicke Ihnen den Vorgang Ladicke rüber und hefte einen Zettel dran, was getan werden muß. Wiedersehn, Kollege!»

«Gehen Sie zum Kuckuck!» sagte er.

«Esel gibt's dort auch», sagte ich.

Frau Kiebitz, die Sekretärin des Chefs, half mir. Sie war ein Schatz und geradezu unglaublich tüchtig. Es gab Stimmen, die sagten, daß der Chef ohne sie nicht bis drei zählen könne. Das hielt ich für übertrieben, aber ich war ja – nach der soeben von ihm getroffenen Entscheidung – auch voreingenommen. Kurzum: halb sechs hatte ich meine Fahrkarte bis Rijeka und zurück, eine Schiffspassage von Rijeka bis Hvar, Spesenvorschuß in erträglicher Höhe – üppig natürlich nicht, aber immerhin –, und alles, was ich brauchte.

«Tut mir leid, daß ich keine günstigere Verbindung rausknobeln konnte», sagte Frau Kiebitz, «so müssen Sie fast zwei Tage Fahrt in Kauf nehmen. Mittwoch vormittag sind Sie erst dort. Aber ein Flugticket hätten wir nicht durchgekriegt, und es hätte Ihnen auch nur eine Nacht erspart, weil die nicht täglich Split anfliegen.»

«Okay», sagte ich, «alles bestens, schönen Dank! Dann will ich mir mal schnell noch 'ne Badehose kaufen. In meine alte haben die Motten an den wichtigsten Stellen Löcher geknabbert. Wenn ich die anziehe, komme ich vor dem Andrang holder Weiblichkeit nicht zum Arbeiten!»

Frau Kiebitz errötete pflichtgemäß, und ich ging. Ich flitzte nach Hause, nachdem ich für Feuerhack einen Plan aufgestellt und ihm diesen mit der Akte in sein Zimmer gebracht hatte. Er war – zum Glück – schon weg.

Und nun saß ich im Liegewagenabteil, war etwas atemlos, denn ich hatte mir eben vor Ladenschluß noch die erwähnte Badehose, zwei Polohemden und Proviant besorgen müssen, Koffer packen, Freunde anrufen, Verabredungen absagen und Gas und Strom abstellen... Nun saß ich also im Zug und betastete die Beule auf meiner Stirn und fragte mich, während wir schon über die Elbbrücken dröhnten, ob es nicht doch ein Traum sei.

Aber man träumte nicht so nachhaltig von Kofferbeulen an der Stirn und auch nicht von dicken Frauen im dritten Frühling, wie mir eine gegenübersaß, die seit dem ersten Räderrollen hartgekochte Eier und Wurstbrote vertilgte und sich jetzt vorbeugte und mit vollem Mund fragte: «Wo haben Sie sich denn das Horn geholt, junger Mann?»

Aus dem Rheinischen war sie auch noch. Nein, soviel Realistisches auf einmal – das träumt man nicht. Also antwortete ich: «Bei einer Schlägerei mit vier Chinesen!»

Sie öffnete verblüfft den Mund – ich konnte das Eigelbmus bis an ihr Gaumensegel besichtigen.

«Chinesen?» fragte sie.

«Ja», erwiderte ich, «und ich habe ihnen auch allen vieren blaue Flekke verpaßt, das heißt, grüne Flecke, denn bei den Chinesen sind blaue Flecke naturgemäß grün!»

«Grün!» sagte sie und warf einen Blick nach der Notbremse. Man kann ja nie wissen. In der dritten Wagenecke saß ein älterer Herr. Ich sah an der Zeitung, die er sich vors Gesicht hielt, daß es ihn vor Lachen schüttelte, obzwar kein Laut zu hören war.

Auf dem Mittelplatz neben mir und auf dem vierten Eckplatz saß ein Pärchen. Jungverheiratet oder auf Probierreise. Sie waren so miteinander beschäftigt, daß ich fürchtete, sie wären am Ende siamesische Zwillinge. Aber das waren sie natürlich nicht. Ein Schaffner kam, teilte mit, daß der Speisewagen bis Fulda geöffnet sei, prüfte die Fahrkarten und schob die Tür wieder zu. Ich hatte mir von dem Foto Franziska Jansens eine Kopie machen lassen. Die fiel mir aus der Brieftasche, als ich meinen Fahrschein vorzeigte.

«Ihre Braut?» fragte die Eiervertilgerin. «Hübsches Mädchen!» sagte sie, als ich – der Einfachheit halber – genickt hatte.

Ich ging zum Speisewagen, aß irgendwas, das zu wenig, aber dafür zu teuer war, und wanderte wackelnden Schrittes den Gang zurück. Der Liegewagenschaffner klappte gerade die Betten herunter. Das fröhliche Wesen vom Rhein hatte einen Unterplatz, bat mich aber, mit mir, der ich in der Mitte stationiert war, tauschen zu dürfen. Sie könne unten kein Auge zukriegen vor Angst. Es war mir zwar unklar, wovor sie unten Angst, in der Mitte jedoch keine Angst hatte, aber ich willigte ein. Für die siamesischen Zwillinge war es hart, sich voneinander zu lösen, als sie in die Oberbetten kletterten. Über den Gang hinweg hielten sie sich dann wenigstens fest an den Händen.

Ich schlief gut. Ich schlafe immer und überall gut. Am besten schlafe ich dort, wo ich am liebsten schlafe. Raten Sie mal. Als ich aufwachte, waren wir in München. Die Dame lag in ihrem Mittelbett und aß. Die Zwillinge hielten immer noch Händchen, der ältere Herr stand auf dem

Gang. Es war halb fünf Uhr früh, gestern um diese Zeit hatte mein Wekker – nein, mein Telefon – geklingelt: «Sie möchten bitte gleich ins Kaufhaus Weinheimer kommen ...»

Ich schob mich aus der Koje, nickte der Esserin zu und stand auf. Harte Eier aß sie. Die Wochenproduktion einer mittleren Hühnerfarm schien sie sich hartgekocht und mitgenommen zu haben. Auf dem Bahnsteig stand ein Zeitungswagen. Ich schob das Gangfenster auf und kaufte das Revolverblatt, was mir einen mißbilligenden Blick des alten Herrn eintrug, und eine anspruchsvolle Tageszeitung, was ihn in Zweifel stürzte.

Auf der Titelseite des Revolverblatts, in fetten Vier-Cicero-Buchstaben, stand: «Bluttat im Büro» und darunter, halbfett, etwas kleiner: «Fuhr die Mörderin anschließend in den Urlaub?» Da hatte ich's. Diese Ochsen! Diese hirnverbrannten Hammel! Meine zoologischen Kenntnisse reichten nicht aus, um alle die Beschimpfungen zu formulieren, die mir am Herzen lagen. Aber dann fiel mir ein, daß ja die Zeitung mindestens ebenso lange wie ich brauchen würde, um nach Jelsa zu gelangen. Wenn sie überhaupt in Jugoslawien verkauft werden durfte, bei dem permanenten Blutgerühre. Ich las im Stehen den Bericht: Ein Herr Erich Z., Arbeitskollege des Ermordeten – das konnte nur der Ehemann Zieroth sein – hatte «unserem Reporter» von der Beobachtung seiner Frau erzählt, die im gleichen Unternehmen beschäftigt war. Der Name Weinheimer tauchte nicht auf, man hatte wohl auf den Insertionskunden Rücksicht genommen. Nach dem Bericht hatte der Ermordete am Sonnabendmittag einen heftigen privaten Streit mit der Angestellten Franziska J., 22, «die seit der Tat mit unbekanntem Ziel in Richtung Ostblock verschwunden ist, wie wir von ihrer Tante, Helene M., 64, erfahren konnten. Angeblich hat sie eine schon länger geplante Urlaubsreise angetreten. Die Kriminalpolizei verweigerte jede Auskunft. Der Fall ist in den bewährten Händen eines der besten Kommissare» und so weiter ...

Den Buckel können sie mir runterrutschen mit ihrem Schmus. Wenn ich das schon lese: «– in Richtung Ostblock» und so was. Da wittern sämtliche Kleingärtner doch gleich wieder bösen Bolschewismus, Spionagemord an harmlosem Abteilungsleiter, der sich gegen dunkle Machenschaften gewehrt hat – und was es an kaltem Kriegsgrusel mehr gibt.

Ich hatte miserable Laune. Außerdem regnete es, und der Kaffee im Speisewagen war auch nicht geeignet, mich sehr viel fröhlicher zu stimmen. Aber dann, als wir das verregnete Kärnten hinter uns hatten und der Zug den Karawankentunnel verließ und als strahlend blauer Mittagshimmel sich über dem Land wölbte, wurde mir wieder besser zumute, zumal das Paprikagulasch prima war. Am späten Nachmittag, kurz nachdem mein holdes Gegenüber die Radioillustrierte bis zur letzten Seite durchgelesen hatte – mit richtigen Tränen beim Roman, es war nicht zu fassen! – und zum Proviantkörbchen griff, um sich ein Ei zu pellen, lief der Zug in Rijeka ein. Das leuchtend blaue Mittelmeer war schon eine halbe Stunde vorher zu sehen gewesen, als wir oberhalb Opatija am Berghang entlangfuhren. Ich muß gestehen, daß ich beeindruckt war. Ich nahm mir fest vor, viele wunderschöne Ansichtspostkarten zu schreiben, auch wenn ich nur ein paar Tage würde bleiben müssen. Die schönste an Feuerhack.

Vom Bahnhof trottete ich, nach schmerzloser Trennung von den siamesischen Zwillingen, die mich, glaub ich, gar nicht bemerkt hatten vor lauter Glück und gegenseitiger Gegenwart, und nach fröhlichem Abschied von der aufgeregten Eierfrau, trottete ich also hinter einem Gepäckträger her, der meinen und des älteren Herrn Koffer auf einer Wippe durch drei stickig heiße, laute und schmutzige Straßenzüge zum Hafen karrte, wo das Schiff nach Hvar schon bereitstand – nein, -lag. Schiffe liegen immer bereit. Autos, Speisen und Überraschungen stehen bereit.

Die Schiffsreise, noch mal sechzehn Stunden, war sehr viel angenehmer als die Bahnfahrt, und ich vergaß, während ich im Liegestuhl bis zum Einbruch der Dunkelheit auf dem Oberdeck saß, beinahe den Zweck meiner Unternehmung. So gemächlich ist wohl auch selten ein Kriminalbeamter auf Arbeit gegangen.

Gegen Morgen schreckte mich der Gedanke aus dem Schlaf, daß mein Vögelchen Franziska, von irgendwem vielleicht telefonisch gewarnt, das Nest verlassen haben könnte. Aber ich verließ mich auf die Schwierigkeiten, die das mit sich brachte, und hoffte auf die Trägheit der Menschen und beruhigte mich wieder. In Split mußte ich auf ein kleines Schiff umsteigen. Gegen elf Uhr lief das kleinere Schiff in der Hafenbucht von Jelsa ein. Ein herrlich wild aussehender alter Mann mit einem roten Kopftuch und Augen, die sich wahrscheinlich nur beim Anblick eines Glases Slivovitz belebten, schleppte meinen Koffer zum Hotel Venezia, das an der Nordseite der Bucht lag und ganz ordentlich aussah. Ich hatte Glück. Im ersten Stock war ein Einzelzimmer mit Balkon und Blick aufs Wasser durch die vorzeitige Abreise eines Gastes freigeworden. Ich nahm das Zimmer und fragte den gut Deutsch sprechenden Hotelmanager, einen jungen, schwarzlockigen Mann mit italienischem Gesicht, ob Fräulein Jansen aus Hamburg im Hause sei. Er sagte: «Nein, sie ist zum Schwimmen, glaube ich!»

Mein Gepäck wurde nach oben gebracht, ich folgte und trat auf den kleinen Balkon, nachdem ich die hölzernen Laden vor der Tür aufgemacht hatte. Im Zimmer war es kühl. Hier draußen jedoch herrschte, vom durchbrochenen Wipfelschatten einiger großer Pinien nur wenig gemildert, eine herrliche Hitze. Links vom Hotel befand sich in etwa 50 Meter Entfernung eine Art Badeterrasse aus Beton, die für die Gäste des Hauses in und über die Klippen gebaut war. Dort war allerhand Trubel, ein paar Kofferradios leierten, auf Luftmatratzen, Liegestühlen oder Badetüchern saßen, lagen, rekelten sich braungebrannte, rotgesottene und einzelne noch weißhäutige Menschen. Einige paddelten in dem wundervoll klaren Wasser herum, spielten mit einem großen, rotweiß gestreiften Ball, tauchten, schnorchelten, plätscherten, riefen.

Ich konnte auf diese Entfernung die Gesichter nicht erkennen. Aus dem Küchentrakt kam in leisen Wogen der Geruch von scharfgebratenem Fleisch, heißem Öl, Paprika und Knoblauch ... ein paar Boote glitten über das blaue Wasser. Alles genauso, wie ich es mir vorgestellt hatte, nur noch schöner. Bißchen warm allerdings. Ich stellte mich schleunigst unter die Dusche und zog mir meine «Tarnung» an: helle Leinenhosen und ein quittengelbes Polohemd aus Frottée und Sandalen – Feuerhack würde platzen beim Anblick dieser Dienstkleidung. Dann packte ich den Rest aus meinem Koffer aus, trödelte ein Weilchen im Zimmer herum, probierte die Matratze, knipste die verschiedenen Lichtschalter, rauchte eine Zigarette, fand keinen Aschenbecher, ging hinaus auf den Gang und klaute mir einen von der Korbgarnitur, die da stand, und trat dann wieder auf den Balkon. Die Badeplattform leerte sich. Es war halb eins, Essenszeit. Ich ging hinunter in den Speisesaal, der – von drei weißbejackten Kellnern abgesehen – noch leer war, und strich suchend durch die gedeckten Tische, auf denen Serviettentaschen lagen, die mit Namensschildchen versehen waren.

Einer der Kellner kam auf mich zu: «Sie sind neuerr Gast, bittäsähr?» fragte er.

«Es hat den Anschein», sagte ich albernerweise, was er so verstand, daß er «Willkommen, Herr Anschein!» zu mir sagte und sich – zähnebleckend – mit «Ivo mein Name» vorstellte.

«Sitzen irgendwo Leute aus Hamburg, Deutschland?» fragte ich.

Damit war er überfordert. Der Hotelmanager kam mit einem Stoß Post in den Saal, um sie zu verteilen.

«Was kann ich für Sie tun?» fragte er.

«Ich suche einen Platz», erklärte ich.

Er lächelte ein wissendes, öliges Lächeln und wies auf einen Vierertisch an der Fensterseite, auf dem nur drei Gedecke lagen. «Fräulein Jansen sitzt dort, wollen Sie auch ...?»

«Ja, sehr gern!» sagte ich und lächelte zurück. Er gab dem Kellner eine zischende Anweisung in der Holterdiepoltersprache des Landes – Serbokroatisch oder Slowenisch, kein Mensch kennt sich da aus – und wandte sich, während der Kellner ein viertes Gedeck holte, mir zu: «Ist es so richtig?»

Ich nickte, entnahm meinem Portemonnaie so unauffällig wie möglich einen Tausend-Dinar-Schein, also etwa drei Mark, und drückte ihn dem Kuppler in die Hand. Dann setzte ich mich, versah die Serviettentasche mit meinem Namen und harrte der Dinge, die da kommen sollten. Ich hatte seltsamerweise Herzklopfen wie ein Oberschüler vor einer Lateinarbeit.

# 3

Zuerst kam meine Suppe. Eine Art Minestra, sehr scharf, sehr heiß. Dann kam die Frage des Kellners: «Sie wollen was, bittäää, trinkän?»

Keine Ahnung. Was, zum Kuckuck, trinkt man in Jugoslawien? Auf den Tischen standen Weinflaschen, roter und weißer Wein, und auch auf diesem Tisch stand eine Flasche. Ein Name war aufs Etikett gekritzelt: «Winter».

«Später!» sagte ich zu dem wartenden Kellner. Er nickte und entschwand. Ich sah ihm nach. Langsam füllte sich der Speisesaal. Ich grüßte, nebenbei Suppe löffelnd, höflich nach links und rechts, erntete freundliche, gleichgültige, neugierige Gegengrüße und hätte, glaub ich, vor Spannung auch grüne Tinte gelöffelt. Dann kam das Ehepaar Winter. Er: mittelgroß, nußbraun, mollig und still, mit lustigen Augen. Sie: klein, strohblond, rot, als hätte jemand einen sehr unanständigen Witz erzählt, und etwa dreißig Phon lauter. Ich erhob mich und erklärte, daß ich Klipp aus Hamburg sei.

Indem ich noch stand, Händedrücke tauschte und erfuhr, daß Winters ebenfalls aus Norddeutschland kamen, trat Franziska Jansen an den Tisch. Herr Winter übernahm, glatt, nett lächelnd und mit schöner Selbstverständlichkeit, die Vorstellung: «Herr Klipp aus Hamburg, neuer Gast – Fräulein Jansen aus Ham – ja, da sind Sie ja Landsleute!»

Ich fühlte einen Augenblick eine leichte, warme, trockene, zierliche Hand in der meinen – die Hand, die die Papierschere geführt hatte? – und hörte eine rauhe Mädchenstimme: «Angenehm, bitte, behalten Sie doch Platz!» sagen.

Das war's.

Sie trug ein weißes, flauschiges, ärmelloses Kleid mit bunten Tupfen und saß direkt zu meiner Linken.

«Ja», sagte ich, als ich auch endlich wieder saß, «ja» – noch mal, denn irgendwas mußte ich ja sagen – «ja, das tut mir leid, daß ich nun Ihren Platz einenge. Aber man hat mich ...»

«Aber ich bitte Sie!» sagte Herr Winter.

«Kennen Sie sich?» fragte Frau Winter unvermittelt und ließ ihren himmelblauen Blick zwischen mir und Franziska Jansen schweifen.

«Nein», sagte ich.

«Hamburg ist ziemlich groß!» sagte Franziska Jansen lächelnd. Sie hatte in der rechten Wange ein tiefes Grübchen, wenn sie lächelte. Um den Daumen ihrer rechten Hand war ein Pflaster geklebt.

Also doch! – Oder?

«Sind Sie schon länger hier?» fragte ich.

«Zwei Wochen!» sagten die Winters im Chor. «Fast zweieinhalb», korrigierte sich Frau Winter.

Ich sah Franziska Jansen fragend an.

«Seit Montag», sagte sie. Der Kellner brachte den dreien die Suppe und nahm meinen leeren Teller mit. Wann hatte ich ihn eigentlich leergegessen?

Ich schwieg, während meine drei Tischgenossen aßen.

Frau Winter musterte mich hie und da verstohlen. Franziska Jansen lächelte einem jungen Mann zu, der zwei Tische weiter saß und ihr zugewinkt hatte, als er hereinkam.

«Wie lange wollen Sie denn bleiben?» fragte die blond-blaue Winter.

«Ich weiß noch nicht», sagte ich.

«Wieso?» fragte sie, beinahe entrüstet. «Das wissen Sie nicht? Aber das weiß man doch! Ich meine, man hat doch einen Plan, und Termine, und –»

«Ich nicht so», sagte ich.

«Nein?» gab sie zurück. «Sind Sie Künstler?»

«Nein, Lehrer», erklärte ich. «Fachlehrer an einer Art Berufsschule, die im Sommer drei Monate – von Juli bis Ende September – geschlossen ist.»

Frau Winter blickte mich erstaunt an. Ihre Augen, von hellblonden Wimpern und Augenbrauen umrahmt, sahen seltsam aufdringlich aus.

«Na so was!» schaltete sich der mollige Herr Winter ein, wischte sich seinen kusseligen Kindermund und betrachtete mich wie ein Wundertier. «Drei Monate Ferien – na so was! Das kann sich 'n armer Zahnarzt nicht leisten, sonst gehen die Leute zur Konkurrenz zum Plombieren!»

«Was machen Sie eigentlich beruflich, Fräulein Jansen?» fragte die Winter. Sie war so schön im Zuge.

«Ich verkaufe Spielwaren in einem Warenhaus», sagte Franziska Jansen.

«O wie hübsch», sagte Frau Winter, aber man sah ihr an, daß sie es eigentlich als Zumutung empfand, mit Nichtakademikern an einem Tisch essen zu müssen. Sicher würde sie unter vier Augen zu ihrem gemütlichen Maulklempner sagen: Im nächsten Jahr, Männe, suchen wir uns aber was Exklusiveres, wie? Es gibt doch sicher einen Reisedienst für Ärzte, Juristen und so ... Aber sonst war sie, von einem heftigen Hauch Neureichtum abgesehen, eine nett-neugierige, temperamentvolle Person.

Der zweite Gang wurde serviert: Reis, Rindfleisch, Pepperoni, Paprika, grüner Salat in rotem Weinessig, Tomaten. Der Koch mußte ein Serbe sein, so gut war es. Munteres Konversationsgeplätscher begleitete die Kaubewegungen der Menge.

Ich wurde auf dies und das aufmerksam gemacht, was sich die anderen, vor allem Winters, in Jelsa schon an Sehenswürdigkeiten, Eß- und Trinkgewohnheiten und Lokalitäten erobert hatten.

Ich konnte es so einrichten, daß ich wie zufällig mit dem Essen fertig war, als Franziska Jansen aufstand.

«Darf ich mich Ihnen anschließen, Fräulein Jansen?» fragte ich und verließ an ihrer Seite den Speisesaal. Der junge Mann, zwei Tische weiter, machte ein Gesicht, als habe er auf ein Pfefferkorn gebissen. Tat mir leid – aber ich mußte in ihrer Nähe bleiben.

Daß mir dies nicht unangenehm war, stand auf einem anderen Blatt.

«Sie dürfen», sagte sie und blinzelte mit gekräuselter Nase aus ihren grauen Augen zu mir hoch, denn sie war fast einen Kopf kleiner als ich, «aber Sie müssen sich diese hohe Gunst mit einem halben Dutzend anderer teilen!»

«Ach du liebe Güte», sagte ich, «aber ich hatte ohnehin nicht an eine Solopartie zu denken gewagt.»

«Da ist nämlich eine ganze Clique», erklärte sie und ging über meine kleine Frechheit elegant hinweg. «Ich bin ja auch erst neu, wissen Sie. Es sind Österreicher, zwei Engländer, ein Tscheche und einer aus Ost-Berlin. Alle ganz nett, auch die Mädchen – Treffpunkt Bootssteg neben der Badeterrasse. Kommen Sie gerne mit!»

«Innigsten Dank!» sagte ich. Dann stiegen wir die Treppe zum ersten Stock hinauf.

«Also tschüs, bis nachher», sagte sie und wandte sich zum Gang, der zu den Zimmern führte.

«Tschüs», sagte ich, «aber ich muß auch hier entlang.»

«Na so was», sagte sie, denn es stellte sich nach zehn Schritten heraus, daß wir direkt gegenüberliegende Zimmer hatten. «Na so was, kommt aus Hamburg, sitzt an meinem Tisch, wohnt mir direkt gegenüber – das sieht ja fast wie bestellt aus!»

«Ja», sagte ich, «komisch, nicht? Und dabei hat mir Ihr Bräutigam aufs Herz gebunden, es so unauffällig wie möglich zu machen.»

Sie lachte sehr. «Welcher?» fragte sie. «Ich hab doch allein in Hamburg sieben!»

«Der fünfte», erwiderte ich, so heiter ich konnte, obschon mir ein Kloß in der Kehle saß, «der mit den abstehenden Ohren!»

«Ach ja, das ist Eusebius», sagte sie, «der ist immer schon so eifersüchtig!»

Damit huschte sie in ihr Zimmer, und ich betrat das meine, um mir Badehose, Handtuch und Sonnenöl zu holen. Zuerst aber, bevor ich das zusammensuchte, setzte ich mich mal aufs Bett, um Luft zu schöpfen.

Das war nicht nur die zauberhafteste Verbrecherin, der ich je auf den Fersen gewesen war – sondern auch die abgefeimteste, begabteste Schauspielerin, die ich je gesehen hatte ... oder? Vielleicht hatte sie ja Ladicke in einem Anfall von Bewußtseinsstörung erstochen? So was gab's. Ich hatte schon oft davon gehört und darüber gelesen. Sie wußte am Ende gar nichts von ihrer schrecklichen Tat? Eine Art Schizophrenie, hervorgerufen durch eine zu große seelische Belastung. «Vampir» schoß mir durch den Kopf, und die Erinnerung an Stevensons irrsinnige Geschichte von Dr. Jekyll und Mr. Hyde.

Vor dem Hotel glühte eine weiße Sonne, lachende Menschen waren zu hören, ein Motorboot tuckerte, am anderen Ufer der Bucht schrie ein

Maultier, auf dem Balkongeländer vor meinem Zimmer saß ein handgroßer, bunter Schmetterling und klappte langsam die Flügel auseinander und zusammen, auseinander und zusammen...

Ich durfte das Mädchen nicht aus den Augen lassen.

Den ganzen Nachmittag ließ ich es nicht aus den Augen. Die Clique, in die ich eingeführt und von der ich aufgenommen wurde, bestand aus elf jungen Leuten. Ich war der zwölfte und wahrscheinlich der älteste, und bestimmt der einzige, der nicht aus reinem Spaßvergnügen mit unter den Pinien saß, Kauderwelsch radebrechte, badete und lachte. Mit mir waren es sieben männliche Urlauber und fünf weibliche. Franziska Jansen war mit Abstand die hübscheste, am besten gewachsene und lustigste Vertreterin des schwachen Geschlechts. Die eine Engländerin, eine Brünette mit langem Gesicht und großen Zähnen, mager und von der mokanten Selbstgefälligkeit, die manche Briten zur Schau tragen, belegte mich nach kurzer Zeit mit Beschlag und fand, und äußerte, daß ich *a nice fellow* sei, wofür ich mir nichts kaufen konnte. Eine pummelige Französin war noch da, die immerfort in der Hocke saß, ununterbrochen Gauloises rauchte und summend von einem runden Hinterbäckchen auf das andere schaukelte, wobei sich die Babyspeckfalten an ihrer Hüfte mal auf der einen, mal auf der anderen Seite zu rotbraunen Würstchen formten. Die zwei Österreicherinnen gehörten zu den jungen Männern aus Wien, machten aber wenig Gebrauch davon, sondern flirteten auf Teufel komm raus abwechselnd mit dem stillen Jungen aus Ost-Berlin, der sehr gescheit aussah, und mit einem der Engländer. Der kleine Berliner las, wenn er dazu Gelegenheit fand, in einem Buch, das *‹Psychoanalyse der Existentialphilosophie›* betitelt war. Sartre hätte seine Freud gehabt.

Franziska Jansen war vor allem von dem jungen Tschechen belagert, der am Mittagstisch bei meinem Anblick das Pfefferkorngesicht gemacht hatte. Er war nicht viel älter als sie, ein netter, braungebrannter Bursche mit Meckifrisur und einem kantigen Kasperlekopf. Er sprach fließend Englisch, Französisch, Serbokroatisch und Deutsch. Nur die Österreicher konnte er nicht verstehen. Und schwimmen konnte er, zu seinem Leidwesen, auch nicht besonders, so daß ich ihm, als alle ins Wasser hüpften, einfach mit Franziska davonschwamm.

Meine Engländerin hielt noch eine Weile mit, aber dann waren wir beiden weit draußen allein. Das Wasser war wundervoll. Ich schwamm ein Stück auf dem Rücken neben meiner Verbrecherin her und sagte: «Es ist schön hier. Man müßte hier bleiben können und nicht wieder in die Tretmühle zurück!»

«Ich weiß nicht», sagte sie, «mir geht's immer so, daß ich mich nach einiger Zeit wieder auf zu Hause und auf meine Arbeit freue.»

«Und auf Eusebius mit den Segelohren!» sagte ich.

«Und auf die sechs anderen», sagte sie, spritzte mir lachend eine Husche Wasser ins Gesicht und – war verschwunden.

Zehn Meter weiter tauchte sie wieder auf. «Kriegen Sie mich doch, Sie Hamburger!» rief sie und kraulte dem Ufer zu, daß es nur so rauschte. Ich hatte Mühe. Sie schwamm sehr gut. Aber 30 bis 40 Meter vor dem Felsen war ich an ihrer Seite.

«Wer gewinnt, kriegt vom anderen einen Kuß!» rief ich, als ich sie überholte.

«Zu Weihnachten!» rief sie zurück.

«Ich freue mich so auf Weihnachten!» rief ich und schwamm ihr davon.

Wenn das Feuerhack gehört hätte, dachte ich, als ich mich, über die heißen Steine tanzend, abtrocknete.

Karel, der nette kleine Tscheche, hatte es gehört. Er senkte sehr betrübt seinen Bürstenschnitt-Kasperlekopf und sah Franziska Jansen, die jetzt aus dem Wasser kam, von unten an, als ob er irgendwas ganz furchtbar Trauriges sagen wollte.

Ich meinerseits mußte die Engländerin erdulden, die partout darauf bestand, mir den Rücken zu frottieren. Ich ging vom Badeufer aus hinüber zum Hotel und kaufte – als Einstand gewissermaßen – zwölf Becher Eis und balancierte sie zurück zur Clique, die sich wieder unter die Pinien verzogen hatte und mich – vor allem aber das Eis – mit Hallo empfing.

Die Winters, die nach gehabtem Mittagsschlaf mit zwei roten Luftmatratzen herauskamen, grüßten kurz, und wie es schien, ein wenig indigniert, herüber und vertieften sich dann in ihre Illustrierten. Im Grunde hatten sie recht. Was macht so ein fast Mittdreißiger bei dem jungen Volk?

Sie konnten ja nicht wissen, daß ich mich sozusagen dienstlich falsch benahm. So falsch erschien es mir allerdings auch wieder nicht, denn ich fand die Clique sehr nett und bildete mir ein, daß sie mich – außer Karel – durchaus akzeptierte.

Nach dem Abendbrot war Tanz im Speisesaal. Ich besänftigte Frau Winter, indem ich sie, mit Einverständnis des milde schmunzelnden Gatten, der sich intensiv einer Literflasche Rotwein widmete, als erste engagierte. Die Kapelle war miserabel, sie spielte Boccerinis Menuett als Slowfox und Händels Ave Maria als langsamen Walzer – es war zum Heulen!

Franziska nahm meine Einladung an, und ich bestellte eine Flasche Rotwein. «Den besten», sagte ich großkotzig zum Kellner, worauf er mir prompt eine Flasche für 5000 Dinar brachte – das sind gut fünfzehn Mark, was mich leicht erschütterte. Denn ich hatte bis dahin in dem Glauben gelebt, Jugoslawien sei ein Land, in dem vor allen Dingen der Wein billig zu haben wäre –

Das Mädchen Franziska hatte ein silbergraues Kleidchen aus Perlon, Nylon oder so was an – ich kann das nicht auseinanderhalten – und sah darin noch hübscher aus als am Mittag.

Als nach einer Stunde Musik viele Gäste gingen, fand sich die Clique vollzählig zusammen und schob mit Hilfe des Kellners die freigewordenen Tische zu einer langen Tafel aneinander. Der kleine Karel verstand es, sich zwischen mich und Franziska Jansen zu setzen, so daß ich ihn zur Linken und die bedürftige Betsy aus Bottinghampshire zur Rechten hatte. Es wurde reihum und kreuz und quer aufgefordert und getanzt. Ich bestellte noch eine Flasche Rotwein, der dreitausend Dinar billiger war und sechstausend billiger schmeckte, und tanzte erst mal mit jeder der «Cliquendamen» eine Runde, mit Betsy sogar zwei, nur um mich dann zu ihrem und Karels neuerlichem Kummer ganz auf Franziska zu konzentrieren, die aber auch am besten tanzte.

Es ging auf elf. Ich war so hundemüde, daß ich mir einen Kaffee bringen lassen mußte, der hier in kleinen Messinggefäßen «türkisch» serviert wird, sehr heiß und stark und süß war und mich schnell aufmöbelte.

Wir tanzten einen Blues miteinander, Franziska und ich. Sie lehnte sich in meinen Arm, ich fühlte ihren schmalen, festen Rücken in meiner Handfläche und ihre Brust an meinem Zwerchfell. Wir tanzten ohne zu reden. Über den Pinien draußen, ich sah es durch die offenen Fenster, stand groß und gelb der fast volle Mond. Vom Wasser her wehte eine kleine, kühle Brise.

«Wie heißen Sie eigentlich mit Vornamen?» fragte das Mädchen.

«Kaum zu sagen», erwiderte ich.

Da drängelte sich der Kellner durch die Tanzpaare auf uns zu. «Entschuldigung viel Male», sagte er atemlos, «eine Tellefon fürr die Fräulein aus Hamburg!»

«Für mich?» fragte Franziska erschrocken und ließ die Arme sinken.

«Ja – schnell kommen, kommen Sie, bittesärr!» haspelte der Kellner.

Sie ließ mich mit einem ängstlichen «Was kann das denn sein?» stehen und folgte dem eilig Davonlaufenden quer durch den Saal zur Tür.

Ich ging zu meinem Platz, Karel tanzte mit Betsy, die ein Stückchen größer war als er. Sie lachten. Na also.

Wer rief Franziska an? Erfuhr sie es jetzt? Sicher!

Ich zündete mir eine Zigarette an und sah den Tanzenden zu, ohne sie recht wahrzunehmen. An einem der Nebentische hatten sich zwei ältere Ehepaare Langusten bestellt, sie aßen mit roten Gesichtern, vornübergebeugt und laut schmatzend. Der Blues war zu Ende. Die stehenden Paare klatschten. Die Musiker spielten nun etwas Schnelles – irgendwo zwischen Marschfox und Rumba.

Es war heiß im Saal. Franziska kam durch die Tischreihen. Sie ging langsam. Ihr Mund war sehr schmal und ihre Lippen ganz weiß. Ihre Augen waren groß und blicklos. Sie sah grau aus. Die Sonnenbräune wirkte wie eine fleckige Pergamentschicht auf ihrem Gesicht.

«Was ist los?» fragte ich und stand auf.

«Nichts», sagte sie ohne mich anzusehen, «wirklich – es ist nichts. Mir ist nicht gut... der Wein... ich...» Sie nahm ihre kleine weiße

Lederhandtasche von der Stuhllehne und sagte: «Ich gehe lieber ... Gute Nacht!», wandte sich ab, ging durch den Saal und durch die Tür, die auf die Terrasse hinausführte. Ich steckte meine Zigaretten ein und lief ihr nach. Im Hinauslaufen sah ich, daß die Clique vergnügt einen großen Ringeltanz begann. Keiner blickte zu mir herüber.

Am Ende der Terrasse ging eine Steintreppe hinab zur schmalen Schotterstraße, die sich am Badeplatz vorbei zu einer Landzunge schlängelte, wo sie sich in Geröll auflöste und endete. Ich sah Franziska gerade noch auf der Treppe nach unten verschwinden. Mit fünf, sechs großen Sätzen hatte ich die Stufen erreicht und war gleich darauf hinter dem Mädchen.

«Fräulein Jansen!» rief ich halblaut. «Lassen Sie mich ein Stück mitgehen, bitte. Sie dürfen jetzt nicht allein bleiben, hören Sie!»

Sie befand sich auf der untersten Stufe, blieb stehen, wandte sich um, schaute – im Mondlicht noch blasser – zu mir hoch und sagte mit erstickter Stimme: «Lassen Sie mich doch! Was wissen Sie denn? Wissen Sie was?»

«Ich weiß nur, daß Sie aussehen, als ob Sie Hilfe brauchen», sagte ich, meinte das auch so, kam mir aber doch gleichzeitig wie ein Heuchler vor – denn die Hilfe, die ich ihr letztlich zu bieten hatte ... na!

Sie ging schweigend weiter. Ich blieb an ihrer Seite, einen halben Schritt hinter ihr. Es war eine wunderbare Nacht, warm, voll fremder, würziger Gerüche. Die Pinien dufteten, es roch nach Lavendel und Oleander und zugleich nach Salzwasser und Fisch.

Auf der anderen Seite der Bucht sangen ein paar einheimische Burschen eines der schwermütigen Lieder des Landes. Nach 200 bis 300 Schritten – ich hatte nicht mitgezählt – bog Franziska von der Straße ab und kletterte zwischen mächtigen Agaven auf die flachen großen Steine, die dort vom Wasser ausgewaschen und abgeschliffen lagen. Ich kletterte mit und setzte mich, als sie sich niederließ, neben sie.

Da saßen wir. Ich hatte heftigen Appetit auf eine Zigarette, angelte die Schachtel aus der Tasche und hielt sie ihr hin. «Zigarette?»

Sie griff zu und murmelte «Danke». Ihr Gesicht war immer noch wie versteinert vor Schreck. Ich sah es, als ich ihr Feuer gab. Sie rauchte hastig und atmete den Rauch tief ein. Ich sah ihr Profil. Es war viel schöner als auf dem Foto, das ich aus des toten Ladicke Brieftasche genommen hatte und das jetzt zwischen den Aktendeckeln im Hamburger Polizeipräsidium lag. Verflixt noch mal.

Ich hatte schon viele Situationen erlebt, in denen ich schwieg – aus Berechnung schwieg, lauernd und gespannt schwieg –, aber ich hatte noch keine erlebt, in der ich so ratlos und so zerrissenen Gemütes schwieg wie jetzt.

Ich hätte ihr so gern den Arm um die Schulter gelegt.

«In dem Warenhaus, in dem ich arbeite», begann sie plötzlich mit einer halben Drehung des Kopfes in meine Richtung, «ist ein Mann ermordet worden!»

Der Zigarettenrauch quoll ihr zwischen den Lippen hervor, als sie sprach, und blieb in der fast unbewegten Luft einen Augenblick in ihrem wuscheligen Haar hängen.

«Meine liebe alte Tante», sagte sie, «bei der ich wohne, hat mir eben am Telefon gesagt, daß – daß man – daß man mich verdächtigt, ihn umgebracht zu haben!»

Ich gab keine Antwort. Ich konnte einfach nicht: «Nein, das ist doch wohl nicht möglich!» oder irgendso was sagen, ich konnte es nicht. Sie erwartete aber auch keine Reaktion, wie es schien. Sie sprach mehr zu sich selbst als zu mir. Sie sprach, wie eine Traumwandlerin sprechen mag, die nachts, mit ausgestreckten Händen, im Mondschein wandelt.

«Ich habe ihn gekannt. Ich habe ihn sogar geliebt. Nicht sehr lange, nein, ein paar Wochen ... Er hat mir imponiert, sein Auftreten, seine Sicherheit, sein ... na ja, Charme, den ich erst durchschaut habe, als ich aus der Verliebtheit aufwachte, als ich ...» Sie brach ab und warf den Zigarettenrest fort, der funkensprühend über die Steine kullerte.

«Er hat mich in das eingeführt, was ich mir unter ‹großer Welt› vorstellte. Tanzen in einer exklusiven Bar, Sekt, Autofahren. Eine Wochenendfahrt in ein sehr vornehm scheinendes, sehr teures Hotel in der Heide. Austern, die ich nicht mochte, aber andächtig aß, weil ich's für was Besonderes hielt, Austern zu essen. – Seine schönen Worte, seine erfahrenen Hände, die mich – dumm und ahnungslos und ... neugierig, wie ich war – aufregten und – seine ... geläufige Sicherheit, als er mich in sein Bett nahm. Ich habe geglaubt, was er sagte, getan, was er forderte, ihn tun lassen, was er wollte, und immer gedacht, das ist die Liebe! – Das war im Mai. Natürlich ... im Mai!» Sie lachte.

Mich fror, als sie so lachte.

«Im Juni», fuhr sie nach einer Pause fort, «... im Juni merkte ich, daß mit mir was nicht stimmte. Er war für drei Wochen verreist. Er war immer mal verreist, denn er hatte als Einkäufer oft außerhalb zu tun. Als er wiederkam, sagte ich es ihm. Ich weiß das noch, als wäre es vorhin gewesen: ich lag bei ihm, die Fenster seines Schlafzimmers waren offen, es roch von draußen nach Jasmin. Er hatte die Hand auf meiner Brust. Ich war sehr glücklich. ‹Du›, sagte ich, ‹ich glaube, ich kriege ein Kind!› Er richtete sich sofort auf, stützte sich auf die Ellbogen und sagte: ‹Du bist verrückt, Kleines!› – ‹Doch›, sagte ich, ‹ich bin sogar ziemlich sicher!› und da ...» Sie schwieg, wandte sich zu mir und sagte: «Haben Sie wohl noch eine Zigarette für mich, bitte?»

«Aber ja», erwiderte ich, hielt ihr die Schachtel hin und gab ihr Feuer.

«Danke!» sagte sie.

Ein erleuchtetes Boot mit Feriengästen fuhr vorüber, sie sangen, es es hörte sich an wie sehr viel Alkohol.

«Nun ja», sagte sie – das klang fast leichthin und unbeteiligt, «er meinte, daß ein Kind ja heutzutage kein Beinbruch sei – genauso: kein Beinbruch. Und er stand auf, ohne die kleinste zärtliche Geste für mich und sagte: ‹Das läßt du dir wegmachen, Kleines. Ich hab da eine Adresse› – und ehe ich noch aus meiner Erstarrung zu mir kam, sagte er, indem er sich anzog: ‹Was die Kosten angeht, so beteilige ich mich selbstverständlich!› Ich weiß nicht mehr, wie ich aus dieser Wohnung gekommen bin. Aber am Abend, zu Hause, zum Glück war Tante Lene nicht da, kam die Reaktion auf den Schock, und ich schwor, diesen Mann zu töten!»

Also doch! Ich war völlig durcheinander, sie hatte es also doch getan!

«Jetzt ist er tatsächlich ermordet worden», sagte sie leise, fast mit Genugtuung. «Aber ich bin's nicht gewesen. Ich habe mir Ende Juni das Kind nehmen lassen. Das war furchtbar. Ich habe danach den Mann zwar hie und da gesehen, das ließ sich nicht vermeiden, aber ich habe ihm nur einmal ein paar Zeilen geschrieben, mit denen ich ihn aufforderte, mich in Ruhe zu lassen. Denn er lief mir nach, rief dauernd an und hatte die Stirn, mir zu schreiben, daß wir doch wieder ‹gut miteinander sein› sollten, ich hätte ihn mißverstanden und was denn nun wäre und so weiter. Er hatte Angst, und seine Eitelkeit war gekränkt. Gesprochen habe ich mit ihm nur einmal, am vergangenen Sonnabend. Da stellte er sich mir in den Weg und sagte: ‹Wenn du nicht zurückkommst, Kleines, dann mache ich dich fertig, hörst du! Dann werde ich deine Abtreibung anzeigen, und du gehst ins Kittchen. Überleg dir das! Ich lasse mich nicht so behandeln!› – Es hätte nicht viel gefehlt, und ich hätte ihn da umgebracht! Nur eine Waffe hätte ich haben müssen, und wenn's ein Brieföffner gewesen wäre. Es kam irgend jemand den Gang entlang. Ich habe ihn nur angezischt: ‹Lassen Sie mich vorbei, Sie Lump!› Ich war drauf und dran, ihn anzuspucken – aber das war mir auf einmal zu theatralisch... Na ja. Und nun ist er tot. Er muß kurz nach dieser Begegnung umgebracht worden sein, Sonnabend nachmittag, in seinem Büro. Aber ich war es nicht!» Sie wandte sich zu mir, sah mir ein paar Sekunden lang schweigend ins Gesicht, und plötzlich flackerte Angst in ihren Augen.

«Aber – aber – glauben Sie mir doch! Ich bin es nicht gewesen!»

«Ich glaube es Ihnen, Franziska!»

Sie weinte.

Nun legte ich ihr doch den Arm um die Schulter.

«Danke», schluchzte sie. «Sie hören sich meinen ganzen scheußlichen Kram an... wie komme ich eigentlich dazu, Ihnen das zu erzählen? Und warum laufen Sie nicht weg?» Sie schrie fast: «Laufen Sie doch weg!» Sie schlug die Hände vors Gesicht.

Ich streichelte ihr den bebenden Rücken. «Beruhigen Sie sich erst mal!» sagte ich.

«Man hat Haussuchung bei uns gemacht», stöhnte sie, «man hat alles mögliche beschlagnahmt, Briefe, mein Tagebuch... man hat meine Kostümjacke mitgenommen, weil Blutflecke daran waren. Ich hatte mich beim Kofferpacken am Schloß gerissen. In den Zeitungen steht es auch schon. Es ist . . . es ist . . . zum wahnsinnig werden!»

Wir saßen wohl zehn Minuten so. Sie hielt die Hände vors Gesicht, ich streichelte ihr sachte Schultern und Rücken. Allmählich wurde sie ruhiger. Auf einmal ließ sie die Hände sinken und sah mich an: «Warum bin ich eigentlich noch nicht verhaftet?» fragte sie erstaunt. «Man hält mich für eine Mörderin – und läßt mich frei herumlaufen. Verstehen Sie das, Herr Klipp?» Und mit veränderter Stimme, im gleichen Atemzug, völlig unerwartet: «Wie heißen Sie mit Vornamen?»

«Leo», sagte ich.

«Leo», wiederholte sie, «verstehen Sie das, Leo?»

«Das ist ein Zeichen dafür», sagte ich, «daß man Sie zwar verdächtigt, aber keine Beweise hat, sondern nur Indizien. Und da die Bundesrepublik mit Jugoslawien keinen Auslieferungsvertrag hat, werden Sie auf Grund eines Verdachts, der nicht stichhaltig bewiesen werden kann, nicht verhaftet und schon gar nicht ausgeliefert. Ich könnte mir denken, daß man Sie beobachtet, das heißt, der Gendarm von Jelsa wird sich ab und zu nach Ihnen erkundigen, er wird dazu den Auftrag haben, ohne zu wissen, warum, und die Hotelleitung wird aufgefordert sein, ihm zu melden, falls Sie abreisen oder so was – aber Sie können hier hundert Jahre alt werden mit dem Verdacht am Hals. Solange sich in Hamburg keine Beweise finden: ein Augenzeuge der Tat, Ihre Fingerabdrücke am Hals des Toten . . . so lange wird Ihnen hier nichts geschehen. Es sei denn, die Staaten schließen einen Vertrag . . . dann sind Sie allerdings dran.»

Ich hatte ziemlich lange und – ich merkte es zu spät und mit Schrekken – viel zu sachkundig geredet. Aber Franziska war zu verstört, um etwas zu merken.

«Wenn ich also am Samstagnachmittag nicht zufällig nach Jugoslawien in Urlaub gefahren wäre», sagte sie, «sondern nach Bayern oder Westerland oder überhaupt nicht – dann säße ich jetzt im Gefängnis, nicht wahr?»

«Das ist sehr wahrscheinlich», sagte ich, «ich kenne die Umstände nicht, ich weiß nicht, was man Ihnen genau zur Last legt und welche Gründe man für den Mordverdacht hat . . .» Ich log, weil's nicht anders ging in dieser Lage. Oben im Hotel in meinem Koffer war der Zeitungsbericht über den Mord. Er lag neben meiner Brieftasche, in der mein Dienstausweis steckte und eine dreisprachige Aufforderung an die Behörden, mir bei meiner Arbeit behilflich zu sein. Und die Kopie des Fotos von Franziskas Profil. Aber es war jetzt und hier ausgeschlossen, zu dem verstörten Mädchen zu sagen: «Ich, Leo Klipp, Kriminalbeamter, bin Ihnen nachgeschickt worden, um Sie zu überführen!»

Also hielt ich den Schnabel, zündete zwei Zigaretten an, gab ihr die eine und nahm, ungern, behutsam meine Hand von ihrer Schulter.

Sie rauchte und schaute hinaus aufs Wasser, das, inzwischen von einem zärtlichen Wind aus Osten bewegt, mit dem Mondschein Pingpong spielte.

In den einzelnen Häusern auf der anderen Seite der Bucht gingen hier und dort die Lichter aus. Ich sah verstohlen auf die Uhr, es war zwölf.

«Ich weiß nicht, wie das weitergehen soll», sagte sie stockend nach einer langen Pause.

Ich wußte es auch nicht.

Sie stand auf, stieg behende über die Steine bis vor ans Wasser. Dort stand sie einen Augenblick still, dann zog sie sich, mit einer fließenden Bewegung, plötzlich das silbergraue Kleidchen über den Kopf – darunter trug sie einen weißen, zweiteiligen Luftanzug –, bückte sich, schöpfte sich mit den Händen Wasser über die Schultern und ließ sich ... «Franziska!» rief ich ... in die Wellen gleiten und schwamm mit kräftigen Stößen hinaus.

«Verrückt!» sagte ich und sah ihr nach. Aber ich konnte das verstehen. Sie wollte sich den Schreck und die Erinnerung und die Angst abspülen, und es schien mir richtiger, sie dabei allein zu lassen. Ich stand auf, um aus dem Hotel meinen Bademantel zu holen. Sie würde frieren, wenn sie aus dem Wasser kam. Ich lief am Speisesaal vorbei, in dem noch Remmidemmi war, in mein Zimmer und stand drei Minuten später mit dem Mantel wieder auf der Straße. Franziska schwamm schon weit draußen. So weit, daß ich mit einemmal einen kehleabschnürenden Gedanken hatte, und da handelte ich auch bereits, lief nicht zurück zu den Felsen, sondern rannte die Stufen hinab, die direkt vor dem Haus ans Wasser führten und an deren Ende zwei Ruderboote angeleint lagen. Ich sprang in das erste, löste mit fliegenden Händen das Tau aus dem Eisenring, ergriff die Riemen und ruderte so schnell ich konnte hinter dem Mädchen her, das – kaum noch zu sehen – offenbar in den freiwilligen Tod schwimmen wollte.

«Franziska!» schrie ich.

Aber sie konnte – oder wollte – mich nicht hören. Ich ruderte aus Leibeskräften. Es war sehr schwer, die Richtung nicht zu verlieren, denn Franziska war inzwischen schon aus der Bucht hinausgeschwommen, und ich verlor ein paarmal den Kopf des schwimmenden Mädchens im Gekräusel der Wellen, die da draußen unruhiger waren, aus den Augen.

Doch allmählich holte ich auf. Noch knapp fünfzig Meter trennten mich schließlich von der Verzweifelten.

«Franziska!» schrie ich wieder und wischte mir den Schweiß aus den Augen. «Machen Sie keinen Unsinn! Kommen Sie her!» Und in diesem Augenblick sah ich etwas, das mir den Atem benahm: jenseits des schwimmenden Mädchens, nicht viel mehr als doppelt so weit, wie ich von ihr entfernt war, teilte ein schwarzes Dreieck die mondbeschienenen Wellen und hielt Kurs auf die Schwimmende.

«Franziska!» schrie ich und ruderte wie irrsinnig und schrie und ruderte und schrie: «Ein Hai! – Ein Hai!»

# 4

«Hilfe!» schrie Franziska – und wieder: «Hilfe!»

Ich ruderte. Meine Arme schienen aus den Schultergelenken zu reißen. Jetzt war ich bei ihr. Dort – zehn Meter entfernt – schnitt die Haiflosse durchs Wasser.

«Los, faß an!» rief ich, streckte ihr die Hand über Bord und stemmte mich mit den Füßen an die andere Bordwand. Jetzt hatte ich ihre rechte Hand und jetzt ergriff ich ihren Arm und zog.

Sie klammerte sich mit der Linken am Riemen an. Er rutschte aus der Halterung und platschte ins Wasser.

«Laß los!» schrie ich und faßte sie unter die rechte Achsel und zerrte sie hoch. Das Boot lag sehr schief.

«Ich kann nicht mehr!» stöhnte sie.

«Los!» befahl ich. «Bein rüber!»

Endlich brachte sie ihr Knie über den Rand. Da war der Hai – vier bis fünf Meter entfernt. Ich sah sein böses Gesicht, sein Auge. Und Schaum und Klatschen des Wassers und Wut und Angst ... Mit einem Ruck riß ich das Mädchen ins Boot. Wir fielen polternd übereinander zwischen die beiden Bänke. Das Boot schaukelte heftig, ein Schwapp Wasser kam herein.

Franziska hatte die Hand an meinen Arm gekrallt. Langsam löste sie ihren Griff und sackte zusammen wie eine Luftmatratze, aus der jemand den Pfropfen zieht.

«Alles okay!» sagte ich schwer atmend und sah über Bord. Da schwamm das Biest, zehn Meter weit weg. Da trieb auch unser Riemen. Ich balancierte über das Mädchen nach hinten, griff den Bademantel von der Heckbank und warf ihn ihr zu. «Ziehen Sie das an!» sagte ich. Sie rührte sich nicht. Kein Wunder, nach der Schwimmstrecke und dem Schreck! Ich beugte mich über sie und deckte sie zu.

«Sie bluten ja!» sagte ich. Ihr rechter Fuß war am Knöchel bis zur Wade hinauf zwei Handbreit aufgeschabt, als ob jemand mit Sandpapier ... war das der Hai gewesen? Da hatten wir aber wirklich Dusel gehabt. Er mußte sie mit dem Kopf oder Rücken noch gestreift haben. Ich riß mein Taschentuch in zwei Streifen und verband die Wunde, um das Blut zum Stillstand zu bringen.

Franziska lag mit geschlossenen Augen unter dem Bademantel und zitterte.

Ich versuchte mit Hilfe des zweiten Riemens das Boot zu manövrieren, aber das gelang mir nicht. Der Hai schwamm von Backbord vor dem Bug auf die Steuerbordseite und blieb in unserer Nähe. Ich gab's auf, den verlorenen Riemen wiederzukriegen, er war schon zu weit. Wir trieben langsam hinaus aufs offene Meer. Ich brauchte eine Verschnaufpause. Vielleicht konnten wir später versuchen, mit den Bankbrettern zu rudern. Ich setzte mich auf die Heckbank und freute mich, daß ich meine Zigaretten mithatte. Ich rauchte.

Meine Arme waren wie gelähmt. Als ich mich umdrehte, waren die Lichter von Jelsa klein wie Glühwürmchen über dem Wasser.

Meine Phantasie meldete sich: «Hallo, Klipp», sagte meine Phantasie, «spielst du ein bißchen Odysseus?»

Ich hatte keinen Bedarf an klassischen Abenteuern. Ein Schnaps wäre mir im Moment viel lieber gewesen. Ich kniete mich ins Boot und versuchte das hintere Sitzbrett zu lösen. Es war sehr solide eingeleimt. Gute Handwerksarbeit. Scheiße.

Ich versuchte noch einmal, mit dem übriggebliebenen Riemen vom Heck aus das Boot zu drehen.

Der Hai kam näher, als ich zu wriggen begann. Ich zog den Riemen ein, es war sinnlos. Neben meinem Fuß lag ein kleiner Anker. Ich hob ihn auf und schmiß ihn mit voller Wucht nach dem Raubfisch. Die Ankerleine surrte mir durch die Hände, aber der Anker faßte nicht, es war zu tief hier für die 20 Meter Leine. Ob ich das Biest getroffen hatte, wußte ich nicht, es war verschwunden. Hand über Hand holte ich das kantige Eisending wieder ein und warf es ins Boot. Ich überlegte, ob ich den Riemen in das Holzloch, das in der vorderen Ruderbank war, stekken und den Bademantel als Segel hissen sollte. Der leise Wind blies von Land. Unsinn. Wie sollte ich ohne Ruder dagegen kreuzen? Wenn es mir wenigstens gelänge, den verfluchten Kahn nach Südwesten zu lenken, da war eine größere Insel, Brač oder so ähnlich. Ich hängte den Riemen in die Steuerbordhalterung und ruderte. Der Bug des Bootes drehte sich tatsächlich. Ich schöpfte Hoffnung. Wenn dieser blöde Holzknüppel nicht so schwer gewesen wäre – aber vielleicht glückte es. Jetzt lagen wir quer zur Strömung. Ich hob den Riemen aus dem Docht und kniete auf die Bank und ruderte mal Steuerbord, mal Backbord ein paar Schläge. Wie ein Gondoliere kam ich mir vor. «O bella Venezia... o amore!»

Franziska war mir da auf dem Boden sehr im Wege, wenn ich stehen könnte, würde es vielleicht besser gehen.

«Franziska!» Ich schüttelte das Häufchen Unglück. «Kommen Sie zu sich, Mädchen, wir treiben aufs Meer!»

Sie bewegte sich, richtete sich auf und sah mich an. «Sie haben mir das Leben gerettet!» sagte sie.

«Großartig!» sagte ich. «Aber die Feierstunde mit Medaillenverleihung müssen wir noch ein bißchen verschieben. Hocken Sie sich dahinten ins Heck und ziehen Sie sich die nassen Sachen aus und den Bademantel an. Ich krieg den Kahn nicht in die Hand, wenn ich gleichzeitig mit unserm übriggebliebenen Riemen rudern und um Sie herum Volkstänze aufführen muß.»

Sie verstand und krabbelte an mir vorbei nach achtern.

«Ziehen Sie sich das nasse Zeug aus!» wiederholte ich, bewußt barsch. «Es wird kühl! Und wenn ich Sie nun schon dem Haifisch vom Abendbrotteller geschnappt habe, sollen Sie mir nicht auf der einsamen Robinsoninsel, die wir vielleicht erreichen, an Lungenentzündung sterben, denn ich brauche Sie ja noch – zum Strümpfestopfen und so. Also los, dalli, ich guck nicht hin!» Nun stand ich, während sie hinter meinem Rücken raschelte und hörbar mit den Zähnen klapperte, vor der Sitzbank und hob den schweren Riemen Backbord, Steuerbord, Backbord, Steuerbord und war nach zehn Minuten fix und fertig, ohne einen sichtbaren Erfolg erzielt zu haben, denn immer, wenn ich mal ein paar Schläge aussetzte, drehte das Boot sofort die Nase wieder seewärts. Und da, in Lee, war auch mein Freund, der Hai, wieder.

«Sind Sie soweit?» fragte ich über die Schulter nach hinten.

«Ja», sagte Franziska kleinlaut.

Ich wandte mich um. Da saß sie in den viel zu weiten Bademantel gekuschelt und machte ein Gesicht wie drei Tage Regenwetter.

«Nicht aufregen», sagte ich mit einer Weihnachtsmannstimme. Es war – was Theater anbetraf – ein großer Tag für mich. «Nicht aufregen! Das allerschlimmste, was uns passieren kann, ist, daß wir auf eine einsame Menschenfresserinsel verschlagen werden und daß sie uns dort mästen, ehe sie uns grillen. Früh, mittags und abends eine Schüssel Haferbrei mit Sahne und Honig, dazwischen alle zwei Stunden Weizenschrotkleie mit Buttersoße ...»

«Bier soll auch schnell dick machen», sagte sie.

Gott sei Dank, ihr alter hübscher Humor hob wieder das Köpfchen.

«Gegen Bier hätte ich nichts», sagte ich und lachte.

Ihr Lächeln fiel noch ein bißchen schief aus, aber man freut sich manchmal über einen Krümel Brot, wenn man lange Zeit Buttercremetorte gegessen hat.

Hunger hatte ich auch, richtig.

«Haifischflossen sollen in China, habe ich gehört, eine Delikatesse sein! Haben Sie nicht zufällig ein Tranchiermesser mitgebracht, Franziska, dann schneid ich ihm eine ab!»

«Ist er noch da?» fragte sie entsetzt.

«Ja», sagte ich und zeigte nach vorn, wo die Bestie gerade kreiste. «Er hat uns in sein Herz geschlossen, der Gute. Mag auch sein, daß er ein Tröpfchen Franziskablut geschleckt hat, unser Leckermäulchen, und nun ist er auf den Geschmack gekommen. Ich kann's ihm nicht verdenken!»

«Hören Sie auf, Leo!» sagte sie. «Haben Sie mir den Fuß verbunden?» Sie deutete auf den durchbluteten Taschentuchwickel. Aber es blutete jetzt nicht mehr.

«Nein», sagte ich, «der Chefarzt vom Universitätskrankenhaus Eppendorf war hier.»

«Ach, Leo», sagte sie leise.

Funkstille. Wir trieben.

«Lassen Sie mich mal neben sich», sagte ich, «erstens will ich den Anker wieder rausschmeißen, vielleicht ragt ja zufällig ein freundlicher

Felsen aus dem Grund, und er kann sich da festbeißen. Mir ist lieber, wir hängen in Landsicht fest, als wir treiben zu den Haferbrei-Mast-Kannibalen. Und zweitens will ich mich dann an Ihre Windseite setzen, und drittens bis fünftens friere ich auch.»

Sie rückte ohne ein Wort beiseite. Ich ließ den Anker ins Wasser und verknotete die Leine schön fest, wenn auch vielleicht nicht seemännisch einwandfrei. Dann hockte ich mich, im Windschatten der Bordwand, auf den Boden des Bootes neben sie. Franziska lehnte sich an. Es fing an kalt zu werden. Ehe ich's mir, den Umständen entsprechend, gemütlich machte, stand ich noch mal auf, band Franziskas weißes Strandanzugshöschen, das naß unter der Bank lag, an das Riemenblatt und rammte den Riemen in das Loch der vorderen Ruderbank.

«Ein hübsches Signal!» sagte ich. «Wenn da kein Fischer anbeißt...»

Dann setzte ich mich neben das Mädchen. Und als ich endlich saß und – wieder einmal – den Arm um Franziskas Schulter gelegt hatte, und als ich fand, daß es so erträglich war – wenn uns bloß einer aufgabelte, ehe wir vor Kap Horn waren (meine Geographiekenntnisse sind immer schon mangelhaft gewesen!) – als ich also fand, daß es so ganz erträglich war und tief Luft holte, da drehte sie ihren Kopf zu mir, lüftete ihren Podex einige Zentimenter, kam mit ihrem Gesicht dem meinen ganz nahe und küßte mich auf den Mund.

Da pfiff ich auf Schiffbruch, Mordverdacht, Hai und Diensteid und küßte sie wieder. Lange und ausgiebig und so, daß ich mit einemmal kein bißchen mehr fror.

Das Boot schaukelte und trieb nach Süden, oben am Topp unseres Notmasts flatterte das weiße Höschen, und der Mond, bildete ich mir ein, kniff ein Auge zu. Es war richtiggehend romantisch.

Nach diesem unerwarteten, aber reizenden Intermezzo kramte ich die Zigaretten aus der Tasche. Es waren noch sieben Stück. Sie waren ein wenig zerdrückt, aber zum Glück nicht zerbrochen, und wir rauchten, ohne zu reden, gemeinsam die erste.

«Ob sie uns wohl suchen?» fragte Franziska.

«Möglich», sagte ich, «aber sicher nicht vor morgen früh – und wer weiß, wo wir dann sind...»

«Aber sie werden sich denken können, daß wir auf dem Meer sind», überlegte sie.

«Ja», sagte ich, «sie werden das Boot vermissen!»

Nach einer Weile sagte sie: «Warum bist du mir nicht früher begegnet? Ich meine vor Fred – und so?»

«Fred?» fragte ich.

«Ladicke», sagte sie. «Warum konnten wir uns nicht früher treffen, Leo?»

«Ich kauf so selten Spielzeug», sagte ich und spielte mit ihrem Haar, das vom Salzwasser noch ein wenig feucht war und sich in krausen, verwuschelten Locken kringelte. Es war halb zwei. Ich reckte den Hals und schaute über den Bootsrand. Kein Hai zu sehen. Es kam mir vor, als trieben wir langsamer. Das mochte von dem Anker kommen, der wahrscheinlich bremste. Ich richtete mich auf. Das Boot schien, dem Mond nach, die Richtung etwas geändert zu haben. Unsinn. Der Mond war gewandert. Hinter uns waren keine Lichter mehr zu sehen. Entweder waren sie erloschen, oder wir hatten uns schon zu weit vom Land entfernt. Ich sah nur Wasser ringsum. Und da – ziemlich nah hinter uns, klitschte auch diese Rückenflosse der Bestie wieder durch die kleinen Wellen.

Halb zwei. Noch gut zwei Stunden, bis die Sonne anfangen würde aufzugehen und unsere Chance, entdeckt zu werden, vielleicht ein bißchen größer würde.

«Wie alt bist du, Leo?» fragte Franziska, als ich mich wieder neben sie gesetzt, den Arm um sie gelegt und sie sich angeschmiegt hatte.

«Dreiunddreißig», sagte ich.

«Wann hast du Geburtstag?» fragte sie.

«Am 20. Februar.»

«Wassermann!» stellte sie fest.

«Ja», sagte ich, «glaubst du an so was?»

«Ich lese immer Horoskope», gestand sie, «und ich glaube dran, wenn sie günstig sind.»

«Das ist praktisch», lachte ich, «und was bist du?»

«Ein Zwilling», sagte sie.

«Ach du grüne Neune!» rief ich. «Zwilling! Die sollen so unheimlich schwierig sein, hab ich gehört!»

«Bin ich auch – oder etwa nicht?»

«Zweifellos», gab ich zu.

Sie war still.

«Hab ich dich gekränkt?» fragte ich besorgt.

«Aber nein», erwiderte sie und schob ihre zierliche, warme Hand in meine.

Das Boot schaukelte. Ich wartete auf die nächste Frage, die so sicher kommen würde wie der Sonnenaufgang. Da kam sie schon: «Was hast du für einen Beruf, Leo?»

Da ich vorbereitet war, log ich ohne Zögern: «Lehrer!» und fuhr gleich fort: «An einer Berufsfachschule...» Ich konnte mich immer noch nicht entschließen, ihr die ganze Wahrheit zu sagen. Zum Glück fragte sie nicht weiter in dieser Richtung, aber dafür in einer anderen. Zwillinge fragen einem die Spreizfußeinlagen aus den Schuhen, wenn man welche trägt.

«Hast du...» Sie suchte nach einer Formulierung. «Hast du – keine Freundin?»

«Doch», sagte ich, «und ob!»

«Und wo ist sie?» wollte sie wissen.

«Hier», sagte ich, legte ihr die freie Hand ans Kinn, hob es ein paar Zentimeter an und beugte mich über ihren Mund.

«Du schwindelst», sagte sie, gleichzeitig mit dem Luftholen nach dem Kuß.

«Nein», sagte ich, «allerdings bin ich schon einige Male dicht drangewesen, mich ganz fürchterlich zu verlieben. Aber noch niemals waren die Voraussetzungen so günstig. Entweder gab es kein treibendes Boot oder keinen Mondschein oder keinen Hai ... erst heute ...»

«Hör auf!» sagte sie und rieb ihre kalte Nasenspitze an meinem Hals. Ich zündete uns eine neue Zigarette an, wir ließen sie von Mund zu Mund wandern, was ihr nicht gut bekam, denn sie wurde zu schnell heiß und schmeckte kratzig. Plötzlich gab es einen Ruck. Die brennende Zigarette fiel mir aus der Hand auf Franziskas Schoß und sengte, ehe ich sie wiederhatte, ein Loch in den Bademantelstoff.

«Der Hai!» stöhnte das Mädchen.

«Nein, der Anker», sagte ich.

Das Tau war ganz straff. Der Anker hatte sich irgendwo festgehakt. Das Boot drehte sich langsam hin und wieder zurück.

«Wie schade», sagte ich, «nun kommen wir nicht zu den Menschenfressern!»

«Und ich hatte mich so drauf gefreut», sagte Franziska, «zu erleben, wie du gemästet aussiehst.»

So verging die Zeit. Wir plänkelten und blödelten und turtelten, wir rauchten und schwiegen. Ich gab mir die größte Mühe, die Gespräche in der heiteren, albernen Etage zu halten, weil ich vor Schicksalsfragen und Katzenjammer Angst hatte.

Zwischendrin schlief das Mädchen mal ein Stückchen in meinem Arm. Auch mein Arm schlief ein und kündigte mir die Gefolgschaft und kribbelte entsetzlich – aber ich wagte nicht, ihn zu bewegen, um Franziska nicht zu wecken.

Gegen drei, im Osten stieg ein rosaroter Schimmer aus dem Wasser, wurde es so bitter kalt, daß Franziska, erwachend, richtig laut mit den Zähnen klapperte.

«Wawawas soll ich denn bloß machen, Leo?» fragte sie leise und kroch noch tiefer in den Bademantel und preßte sich noch fester an mich. «Wewewenn sie Freds Tototod nicht aufklären?»

«Darüber würde ich mir erst dann Sorgen machen», sagte ich – und strengte mich an, die Unsicherheit nicht mitklingen zu lassen, in der ich selber war, «wenn wir mit den Füßen an Land sind, mein Schatz!»

«Hast du eben ‹mein Schatz› gesagt?»

«Hm», machte ich, selber überrascht.

«Bin ich dein Schatz?» fragte sie mit einer klitzekleinen Piepsvogelstimme.

«Mein größter», erwiderte ich, «schon aus ökonomischen Gründen. Denn wenn wir hier drei oder fünf oder acht Tage bleiben, werde ich auf dich als Nahrungsmittel zurückgreifen müssen. Ich überlege schon eine ganze Weile, was an dir am besten schmeckt!»

«Du bist ein Ekel!» sagte sie zärtlich.

Die vorletzte Zigarette. Danach fing sie wieder an: «Mal im Ernst, Leo, ich will nicht ins Gefängnis. Eher – eher – ach, ich weiß nicht. Glaubst du nicht, daß sie mich freilassen, wenn ich freiwillig nach Hause fahre und sage: ‹Da bin ich! Ich habe ein ganz, ganz reines Gewissen, ich schwöre, daß ich den Mann nicht getötet habe!›»

«Laß das Grübeln, Franziska», sagte ich, «du machst dich nur verrückt damit, wirklich!»

Und ich malte mir aus, wie es wäre, wenn sie zurück nach Hamburg führe und sich stellte. Und ich sah sie in dem kahlen Zimmer des Untersuchungsrichters sitzen: Sie hatten ein Verhältnis mit Alfred Ladicke, nicht wahr? – Er hat sich, sagen Sie, Ihnen gegenüber schlecht benommen, nicht wahr? – Sie erwarteten sogar ein Kind von ihm? – Wo haben Sie das abtreiben lassen, wie? – Sie verweigern die Aussage? – Wir müssen das aber wissen, um es überprüfen zu können! – Sie geben also zu, am Sonnabendmittag mit ihm Streit gehabt zu haben, ja? – Und das Blut auf dem Ärmel Ihrer Kostümjacke, wie erklären Sie sich das?

Und wieder und wieder immer die gleichen Fragen, zweimal, dreimal, fünfmal am Tage und dazwischen die Zelle im Untersuchungsgefängnis, robuste, gleichgültige Wärterinnen. Jansen! Zur Vernehmung! Und Schlüsselklirren und Schritte und Essen aus einer Weißblechschüssel und nachts die Sterne draußen vor den vergitterten Fenstern, und wieder der Richter: Das haben Sie mir aber gestern etwas anders erzählt, Fräulein Jansen! Nun mal raus mit der Wahrheit! Haben Sie Ladicke gehaßt? Ja? So! Na sehen Sie – es ist ja zu verstehen, nach allem, was Sie uns erzählt haben. Wollen Sie nicht doch überlegen, ob Sie nicht mit einem Geständnis Ihre Lage ... – Nein? – Abführen!

Sie würde das nicht überstehen. Vielleicht würde sie, um der Fragerei ein Ende zu machen, nach drei, vier Tagen und Nächten die Nerven verlieren und schreien: Ja, ja, ja – ich habe ihn getötet! Lassen Sie mich in Ruhe! Bitte, lassen Sie mich! – Na also, sehen Sie, warum denn nicht gleich so? Nun erzählen Sie mal, ich bin sicher, daß man Ihnen mildernde Umstände ... und so weiter und so weiter.

«Weißt du», sagte ich zu dem Mädchen an meiner Seite, als ich am Ende meines Gedankenausflugs ins Räderwerk der Gerechtigkeit angelangt war, «weißt du zufällig, was du für eine ...» Ich wollte fragen «Blutgruppe hast?» – aber ich kam nicht dazu, denn plötzlich tuckerte ein Motor übers Wasser.

«Ein Schiff!» schrie ich, ließ sie los und stand so schnell es ging auf. «Bleib sitzen, Franziska», sagte ich und schaute mich um. Es war nichts zu sehen. Dunst lag über der Wasseroberfläche. Aber der Motor tuckerte deutlich. Ich konnte nur nicht feststellen, aus welcher Richtung das Tukkern kam. Ich legte die Hände um den Mund wie einen Trichter und schrie so laut ich konnte: «Hiiiiiilfe!» Nach Osten schrie ich, drehte mich nach Süden und schrie «Hilfe!» und schrie es nach Westen und nach Norden: «Hilfe!»

Jetzt glaubte ich sogar, einmal Lichter zu sehen. Ja – da! Halb hinter uns ... war das nicht? Nein! Oder doch?

Tucktucktuck machte der Motor.

«Hiiilfe!» schrie ich.

«Laß mich mal!» sagte Franziska und richtete sich auf, als ich mich auf die Bank setzte. «Helle Stimmen tragen weiter!» Sie stand auf, kippelte, balancierte, fand das Gleichgewicht und legte die Hände an den Mund: «Hierher!» schrie sie. «Hierher! Hilfe!»

Der Bademantel glitt ihr von der Schulter, als sie die Arme sinken ließ. Hell und schmal stand sie mit nacktem Oberkörper in der Dämmerung einen Augenblick vor mir, dann hüllte sie sich fröstelnd wieder ein und lauschte.

Das Geräusch wurde leiser.

«So eine verdammte Scheiße!» sagte ich.

Die Sonne ging auf. In zehn Meter Entfernung schwamm der Hai.

«Da kommen noch mehr», sagte Franziska, wie um mich zu trösten, und streichelte mir übers Gesicht, «du hast einen Stoppelbart, Leo.» Und dann kauerte sie sich wieder in den Windschutz.

Ich zündete die letzte Zigarette an, meine Finger zitterten. «Ja», sagte ich, «da kommen noch mehr!» und gab ihr die Zigarette.

Sie nahm sie, machte einen tiefen Zug und zitierte: «Moderne Zeiten, moderne Menschen, Marlborough gehört dazu!»

Ich lachte. «Du bist wirklich ein Schatz!»

«Kannibale!» sagte sie.

Ich hätte mich sehr gern wieder neben sie gesetzt, aber ich blieb auf meiner Bank, knüllte die leere Zigarettenschachtel zusammen, warf sie nach dem Hai, ohne ihn zu treffen, und bewunderte die Farben, die mit der aufgehenden Sonne über Himmel und Meer spielten. Land war nicht zu sehen. Es war auch immer noch zu dunstig.

Ich nahm Franziskas zweites Luftanzugteilchen, das naß und zerknautscht im Boot lag, und band es unter dem Höschenwimpel an den Mast.

«Über die Toppen geflaggt», sagte ich, «wie es sich gehört, wenn das Schiff hohe Gäste an Bord hat!»

«Seine Majestät, Leo der Stoppelige», spielte sie gleich mit, «und Ihre Königliche Hoheit, Franziska die Verfrorene ...»

«Oder: Ihre Majestät, Franziska die Bezaubernde», variierte ich, «und ihr Hofnarr Leo, auch der Hungrige genannt.»

«Und im Gefolge Exzellenz von Hai, der Kriegsminister!»

«Ja», sagte ich, «ein überaus treuer Gefolgsmann.»

«Die Sonne ist schon eine wundervolle Erfindung!» erklärte Franziska nach einer Weile, lehnte sich, soweit es auf den harten Spanten des

Boots möglich war, wohlig zurück und ließ sich die schon wärmenden Strahlen ins Gesicht scheinen. Ich nickte nur. Aber das konnte sie nicht sehen, denn sie hatte die Augen geschlossen. Ihr Mund stand ein Würfelzuckerstück breit offen. Sie machte ganz den Eindruck einer Urlauberin, die auf braun trainiert. Mir war, obschon mir durch die zunehmende Helligkeit und Wärme bereits viel wohler geworden war, durchaus noch nicht so wohl, daß ich ein Liedlein auf den Lippen spürte. Es war schnell so hell und klar geworden, daß wir eigentlich hätten Land sehen müssen, wenn welches zu sehen gewesen wäre. Nur im Südwesten war eine verblasene, hellblaue Kontur über dem Horizont – das konnte vielleicht das Festland oder eine gebirgige Insel sein, falls es keine Täuschung war. Und es war sehr, sehr weit entfernt. Ich war hundemüde und unsicher, ob das mit dem Anker richtig war – ob es nicht besser wäre, das Boot treiben zu lassen. Vielleicht würden wir mehrere Fischfanggebiete und Schiffslinien kreuzen... vielleicht lagen wir hier gerade in einem toten Winkel? Und ich war so müde wie der gesamte deutsche Bundestag während einer Montagnachmittag-Finanzdebatte.

Es ging auf halb sechs. Ich glaube, ich hatte eine Runde im Sitzen geschlafen, als mich das neue Motorengeräusch aufschreckte. Franziska schlief ganz fest. Süß sah sie aus. Ich stellte mich auf die vordere Bank und hielt mich an dem Riemen-Mast fest, an dem, schon trocken, der Strandanzug des Mädchens flatterte. Da – da – im Westen – war das Schiff! Ein Fischkutter. Weiß blinkte er in der frühen Sonne. Gar nicht so sehr weit, vielleicht sieben-, vielleicht achthundert Meter.

«Heeei!» schrie ich.

Franziska fuhr auf. «O Gott!» Sie rieb sich die Augen. «O Gott, ich habe fest geschlafen. Ein Schiff?»

«Ja», sagte ich, «ein Fischer!» und schrie: «Hiiilfe!» und wieder «Hiiilfe!»

Dieses verfluchte Motorengeräusch! Wenn sie nicht zufällig das Ratterdings mal abstellten oder in unsere Richtung schauten – ich weiß nicht, ob sie uns hören konnten bei dem Krach.

«Hilfe!» schrie nun auch Franziska, im Boot kniend – und noch mal wir beide gleichzeitig: «Hilfe! Hilfe!» und jetzt... täuschte ich mich oder stand da ein Mann an Bord und winkte?

Ich winkte, schwenkte meine Arme über dem Kopf und schrie so laut, daß ich fühlte, wie mir die Halsadern schwollen: «Hierher!! Hilfe!!»

Ja – er drehte bei. Der Kahn richtete die Nase auf uns. Ein Mann, jetzt zwei, winkten und schrien auch irgendwas, aber das konnten wir nicht verstehen.

«Sie kommen!» sagte ich. «Du, Franziska, hörst du – sie kommen!»

«Ja», erwiderte sie, «gib mir bitte schnell meine Sachen, Leo, wir brauchen nun keine Signalwimpel mehr, nicht wahr?»

Als ich den Riemen umlegte und im Boot verstaute, sah ich auch unseren Hai. Er schwamm in größerer Entfernung als bisher. Das Motorengeräusch schien ihn zu irritieren. Der Kutter kam so schnell auf uns zu, daß Franziska mit Müh und Not unter dem Bademantel ihre Toilette beenden konnte. Das weitere ging sehr fix. Der Kutter kam längsseits, einer der Männer warf mir eine Leine zu, die mir vorkam wie eine Brücke zur Rückkehr ins Dasein, und als wir traulich Seit' an Seit' lagen, wurde zuerst Franziska von den beiden schokoladebraungebrannten Männern, die lachten und redeten und redeten und lachten, ohne daß wir ein einziges Wort verstanden, an Bord gehievt, und dann sprang einer der Fischer in unser Boot, holte den Anker ein und verknotete die Leine am Bug. Ich stupste ihn an und zeigte auf die Rückenflosse des Hais, der immer noch, aber offenbar mit viel weniger Hoffnung auf eine Mahlzeit, in 50 Meter Entfernung kreiste.

Der Fischer machte ein ernstes Gesicht und drohte dem Raubfisch mit der Faust und klopfte mir auf die Schulter und half mir, die Bordwand des Kutters zu entern.

Mit Gebärden und lautem Gerede versuchten wir zu erklären, was uns passiert war, und daß wir aus Jelsa kämen und dahin, ins Hotel Venezia, zurück wollten.

«*Dobre!*» sagten sie ein übers andere Mal, wendeten ihr Schiff und brachten uns – und das Boot im Schlepptau – in knapp zwei Stunden direkt an den Hotelbootssteg, von dem ich – vier Monate vorher, oder waren es nur acht Stunden? – in fliegender Hast losgerudert war, dem lebensmüden schwimmenden Mädchen nach. Franziska saß während der Fahrt zwischen den leeren Fischkörben und döste vor sich hin. Unsere zwei Retter boten uns aus einer Korbflasche Rotwein an, den wir nicht abzulehnen wagten, und gaben uns Zigaretten, die wir dankbar annahmen. Sie waren rührend in ihrer Fürsorge, und ich bedauerte, von den langen Reden, die sie hielten, so gut wie nichts zu verstehen, denn das waren gewiß hübsche Geschichten von Haien, die Gäste gefressen hatten, und von ruderlosen Booten, die nach der Türkei getrieben waren.

Die Sonne brannte. Kalt war uns nicht mehr. Nur einmal rieselte mir ein Schauer über den Rücken, als der ältere Fischer aus seiner Schlafkoje kam und uns das Skelett eines Haifischkiefers zeigte. Einige der vielen bösartig aussehenden, scharfen Zähne saßen locker im Kieferknochen und der Mann pulte einen heraus und schenkte ihn Franziska.

«Souvenir!» sagte er strahlend.

Als sie uns am Hotel herausgeholfen und unser Ruderboot festgemacht hatten, bot ich ihnen Geld an – aber sie lehnten das entrüstet ab. Nichts zu machen.

«*Hvalla!*» rief ich, als sie winkend und lachend abstießen.

«*Hvalla!*» rief auch Franziska und warf ihnen eine Kußhand zu, die sie mit Verbeugung und Finger-an-die-Lippen-Führen und Hand-aufs-Herz und «O!» und «A!» in Empfang nahmen.

«Was heißt das eigentlich, *hvalla*?» fragte Franziska, als wir uns zum Hotel umwandten.

«Danke!» sagte ich.

Aus den Fenstern sah eine Reihe neugieriger Gesichter auf uns herunter. Von der Clique war niemand dabei. Sie schliefen wohl noch. Es war eben acht Uhr.

Wir gingen, zerschlagen und übernächtig, schmutzig und mit schweren Beinen, durch die Hotelhalle, die breite Sandsteintreppe hinauf, den teppichbelegten langen Gang entlang in den Speisesaal und frühstückten. Das heißt ich frühstückte. Franziska saß mir schweigend gegenüber, hielt sich mühsam aufrecht, trank eine Tasse Kaffee und knabberte an einem Stück Weißbrot.

«Ich gehe in mein Zimmer, Leo», sagte sie schließlich. Dann blickte sie sich um, ob wohl auch niemand in Hörweite säße, und raunte mir zu: «Kommst du mir noch gute Nacht sagen?»

Ich sah sie an, lange sah ich sie an. Wir waren ganz ernst und rundherum gab es nichts als unsere vier Augen. Ich hatte das Gefühl, als ob mir mein Brustkorb zu eng sei. Der Honig lief mir vom Brot über die Finger. «Ja», sagte ich, «gleich!»

Sie erhob sich und ging aus dem Saal, der Gürtel meines Bademantels, den sie lose über der Schulter trug, schleifte hinter ihr her. Das sah aus wie ein langer, rotblau-gestreifter Schwanz. Lustig.

Ich ließ mir noch Zigaretten geben und versuchte mit meinen zwiespältigen Gedanken ins reine zu kommen, während ich rauchte, und schloß einen Augenblick die Augen und sah den weißen, schmalen Oberkörper des zauberhaften Mädchens im Boot vor mir und fand, daß keine Dienstvorschrift der Welt von einem Mann Anfang Dreißig fordern durfte, aus Stein zu sein, und drückte meine Zigarette aus und ging ebenfalls aus dem Saal hinter Franziska her. An der Schwingtür stieß ich mit Betsy zusammen.

*«Hello»*, rief sie, *«how are you? Where did you get lost last night? We all missed you and Franziska!»*

«Wir waren auf Odysseus Spuren, Betsy», sagte ich deutsch, weil sie es erstens gut konnte und nur zu hochnäsig war, es zu sprechen – und weil ich zweitens zu groggy war, mich auch noch in geistige Unkosten einer englischen Konversation zu stürzen.

*«I see»*, sagte sie, ein bißchen säuerlich lächelnd, «*you* do *look like Odysseus, darling!*» und kratzte mit ihren langen, grünsilbernen Fingernägeln an meinem Kinn.

«Stimmt», gab ich zu, «ich fürchte, ich muß erst mal an den Apparat...»

Ich duschte und rasierte mich und schnitt mich dabei tief ins Kinn, ich weiß nicht, ob vor Müdigkeit oder vor Aufregung. Eine Viertelstunde später stand ich vor der Tür zu Franziskas Zimmer. Auf dem Hotelgang war es still, nur aus einem der Nebenräume klangen Stimmen, Gekicher und ein sonores «Hoho!». Ich klopfte, niemand antwortete. Ich drückte sachte die Klinke herunter, drinnen war es dämmerig. Franziska hatte die Sonnenrouleaus herabgelassen. Es roch gut nach guter Seife und dazwischen leise nach irgendwelchem kühlen Parfum. Ich schloß die Tür hinter mir und drehte behutsam den Schlüssel herum. Nun hatten sich meine Augen an die Dämmerung gewöhnt. Franziska lag im Bett und schlief. Ihre tiefen Atemzüge bewegten das dünne, gekräuselte Nachthemd über ihrer Brust, in die halbgeöffnete Hand, die neben ihrem Wuschelkopf auf dem Kissen lag, legte ich ganz leise und vorsichtig den Haifischzahn, den sie mir zur Aufbewahrung vorhin gegeben hatte. Dann nahm ich meinen Bademantel, der über einem Stuhl hing, und hob den blutgetränkten Taschentuchverband auf, den sie in ihren Papierkorb geworfen hatte, weil mich plötzlich eine Idee anflog. Dann ging ich auf Zehenspitzen wieder hinaus, über den Gang zurück in mein Zimmer, und warf mich auf mein Bett. Zu aller Ungewißheit kam nun noch, daß ich nicht wußte, ob ich enttäuscht oder erleichtert sein sollte...

Aber ich hatte keine Zeit mehr, das zu entscheiden, denn der Schlaf überfiel mich wie eine ganze Horde Wegelagerer.

## 5

Als ich erwachte, zeigte meine Armbanduhr auf drei. Ich brauchte einige Zeit, um zu verstehen, wieso nachts um drei die Sonne über dem Balkon stand, und herauszufinden, wo ich überhaupt war. Als ich endlich die durcheinandergepurzelten Gedanken wieder in Ordnung hatte, zog ich mich schnell an und lief zu Franziskas Zimmer. Ich sah durchs Schlüsselloch, sie schlief noch. Ich konnte sogar, im Schimmer eines Sonnenstrahls, der durch die Jalousie fiel, ihren nackten Fuß sehen.

Unten in der Halle war es still. Hinter der Rezeptionstheke hielt der Hotelmanager sein Nachmittagsnickerchen. Oben in der Küche neben dem Speisesaal sang eine Frauenstimme irgendwas offenbar sehr Trauriges auf serbokroatisch. Auf der Theke lag ein Stoß Briefe und Zeitungen, der wohl mit dem ersten Nachmittagsschiff vom Festland gekommen war. Die deutschen Zeitungen, die dabei waren, hatten zum Glück das stolze Alter von vier und fünf Tagen, waren also zu einem Zeitpunkt auf die Reise nach hier geschickt worden, zu dem Ladicke noch unentdeckt in seinem Warenhausbüro tot gelegen hatte. Ich zählte an den Fingern nach, wir hatten heute Donnerstag – richtig – meine Güte, ich war erst 26 Stunden in Jelsa – mir kam es wie eine lange Woche vor. Dienstag früh hatten die ersten Berichte über den Mord in den Blättern gestanden. Vor morgen oder Sonnabend konnte eigentlich niemand von dem Verdacht erfahren, unter dem Franziska stand. Denn die Briefe, das sah ich, waren auch fünf Tage unterwegs gewesen.

Der Manager, Portier, Direktor, Empfangschef – alle zusammen in dem einen Mann hinter der Theke – wurden wach. Er tat, als habe er bloß nachgedacht und stand auf und fing mit mir ein großes Palaver an wegen des verlorenen Riemens. Ich gab ihm 2000 Dinar über die Summe, die er als Preis für einen solchen Gegenstand verlangte, wenn auch nicht direkt forderte, so doch gewiß erwartete – und ließ mir, als er sich mit vielen Bücklingen bedankte, eine Quittung geben. Vielleicht würde ich's ja als Sonderausgabe auf die Spesenrechnung setzen können, ohne daß der Etat des bundesdeutschen Innenministers zusammenbrach. Das alles dauerte eine Zeit, und es war nicht einfach, dem freundlichen Kroaten, obschon er zweihundertundelf Worte Deutsch konnte, klarzumachen, was zum Beispiel «Hoteleigener Riemen» bedeutete und wozu man überhaupt so eine Quittung brauchte.

Ich war hungrig. Die Küche war jedoch nur von der singenden Sentimentalen besetzt, die leider lediglich Aufwaschaufgaben zu erfüllen befugt war, kurz: es gab nichts mehr zu essen.

Sie erklärte mir freundlich, lachend und wortreich irgendwas, worin immer wieder *«danas popodne»* vorkam, aber ich konnte mir daraus keinen Reim machen, bis sie zu Gesten griff, denen ich entnahm, daß es im Ort ein Fischrestaurant gab, in dem man auch nachmittags essen könnte. Als sie bei «Fisch» war, mit den Händen ruderte und den Mund auf- und zuklappte, erklang von der Speisesaaltür her ein Prusten. Franziska stand da. Sie hatte sich das Gespräch wohl schon eine Weile mitangesehen und konnte sich bei dem Zeichen für «Fisch» nun nicht mehr das Lachen verbeißen.

«Das hätt ich gern gefilmt», sagte sie laut quer durch den leeren Saal: «Du an der Küchentür mit so herrlich hungrig-dummem Gesicht, und die Frau, die dir ‹Fisch› vormacht – wundervoll!»

«Hungrig stimmt genau», sagte ich, «aber die Vokabel ‹dumm› weise ich schärfstens zurück und außerdem zeugt sie nicht von weiblicher Güte und so ... Hast du gut geschlafen?»

«Ja, danke», sagte sie, zögerte und wurde rot, was ich mit meiner Frage gar nicht beabsichtigt hatte.

«Guten Morgen, Leo! Du auch?»

Und dann schüttelten wir uns die Hände, wie sich eben so flüchtige Urlaubsbekanntschaften die Hände schütteln, und gingen, nachdem ich mich bei der Küchenfee bedankt hatte, nebeneinander aus dem Saal, aus dem Hotel und ins Dorf.

Die Clique war nicht auf der Badeterrasse, möglicherweise hatten sie alle die Segelpartie gestartet, von der gestern schon die Rede gewesen war. Mich hätten heute – auch wenn ich's nicht verschlafen haben würde – keine zehn Pferde in irgendein schiffähnliches Fahrzeug gekriegt.

Wir liefen in der heißen Nachmittagssonne an der hellen rotgelben Sandsteinmauer des Kais entlang, sagten gar nichts, und merkten plötzlich beide, nachdem wir schon fünf Minuten so gelaufen waren, daß wir uns an der Hand hielten wie Brüderchen und Schwesterchen.

Aber wir ließen nicht los, sondern blieben stehen, sahen uns an und hatten, glaube ich, bestimmt alle beide großen Appetit auf Küsse. Doch es war zu hell und zu belebt am Hafen, und wir waren beide viel zu falsch erzogen, sonst hätten wir diesem Appetit nachgegeben.

«Leo, Löwe, Hofnarr, Liebster», sagte Franziska, als wir weiterschlenderten, «bist du mir böse, daß – daß –» sie senkte Stimme und Augen – «daß ich schon eingeschlafen war?»

«Das kannst du am besten daraus erkennen», erwiderte ich, «daß ich dich hiermit ergebenst und feierlichst zu gebackenem Tintenfisch und einem Liter Brosec einlade!»

«Igitt», sagte sie.

«Na hör mal», grollte ich.

«Nein», sagte sie, «ich meine doch nicht deine Einladung, sondern den Tintenfisch! Schmeckt das? Wenn ich mir vorstelle, wie die aussehen...»

«Aber Schweinekotelett magst du, nicht wahr? Und wenn du dir so 'ne fette Bauernsau vorstellst, wie sie mit dem Hintern in der Jauche hockt...»

«Du hast recht», gab sie zu, wenn's ihr auch schwerfiel, «und was ist Brosec?»

«Ein einheimischer Wein – du wirst schon sehen! Danach wirst du sehr fröhlich sein, mein Schatz, und – noch schneller einschlafen!»

«Scheusal!» sagte sie.

Wir fanden die Taverne, von der gestern schon die Österreicher geschwärmt hatten, setzten uns draußen unter die weinlaubumrankte Pergola, bestellten Tintenfisch, woraufhin ein mächtiges Geklapper und Gewirtschafte in der kleinen Bratküche losging, und tranken vorsichtig, aber mit Genuß, den ersten Schluck Brosec, den uns der Wirt, der wie ein Neapolitaner aussah und wie fünf Neapolitaner redete, aus der Literflasche eingeschenkt hatte. Es war sehr hüsch hier, malerisch, gemütlich und relativ sauber und – trotz allem Liebäugeln mit dem Tourismus – noch sehr ursprünglich und volkstümlich. An den Wänden hingen Korbflaschen, Maultiersättel, Knoblauchzöpfe, Fischspieße und wagenradgroße Strohhüte. Über der Ausgangstür war ein Plakat, in dem in fünf Sprachen «Auf Wiedersehen» gesagt wurde. Die deutsche Fassung hieß: «Aff Fiedersehän!»

Wir waren zu dieser Nachmittagsstunde die einzigen Gäste. Man konnte über den Rand der hüfthohen Steinmauer direkt auf den Hafen sehen! Eine Menge Volk saß, stand und lungerte dort herum. Frauen hielten Mulis am Halfter, Kinder spielten lachend Kriegen und Fangen, Männer standen in Gruppen, redeten wahrscheinlich von der großen Jelsaer Politik und kratzten sich an Bauch oder Hinterkopf.

Ich hatte meine Hand über Franziskas gefaltete Hände gelegt. Wir sahen dem Treiben zu und schwiegen. Der Wirt brachte den herrlich knusprigen Tintenfisch, dazu einen wunderbar gewürzten Salat aus Tomaten, Paprika, Pepperoni und Gurken, und erklärte mir, auf meine Frage nach dem Grund des Volksauflaufs, daß in zehn Minuten oder später das nachmittägliche Fährschiff von Split hier einträfe. Wir aßen mit großem Behagen. Es schmeckte mir besser als das raffinierteste Menü in einem Schlemmerlokal.

«Prima!» sagte Franziska.

«Du darfst ruhig schmatzen», sagte ich.

Als wir gerade fertig waren und uns die fettigen Münder mit den Papierservietten abgewischt hatten und uns sehr satt, zufrieden und guter Dinge zurücklehnten, traf das Schiff ein. Es war ein Fährschiff, wie sie auch bei uns – etwa zu den Nordseeinseln – verkehren, schneeweiß gestrichen mit einem leuchtendroten Stern am Schornstein und auf den Namen «Postira» getauft. Mit den – überall gleichklingenden – Geräuschen, Rasseln, Klingeln, Rufen, Aufrauschen der Heckwelle, Klatschen der Festmachertaue, Juhu! der Ankommenden und Wartenden, legte das Schiff an. Eine hölzerne Gangway wurde von jungen Burschen polternd herangeschoben, die Fahrgäste gingen von Bord, während die Mulis näher an das Schiff herangeführt wurden, um mit Säcken, Koffern, Kisten, Kartons, Fässern und Eimern beladen zu werden.

Ich sah die Frau zuerst und erschrak ziemlich und überlegte, was ich tun könnte, um Franziska abzulenken. Aber da hatte sie sie auch schon entdeckt. In einem leuchtendroten Leinenkleid, das ihr blondes Haar wirkungsvoll zur Geltung brachte und über Busen und Po so schön stramm saß, daß die umstehenden Männer vor Begeisterung das Kratzen an ihren Bäuchen vergaßen, kam sie den Steg herunter, sah sich um und blieb, den Kopf nach rückwärts über die Schulter wendend, stehen, bis ein Mann mit Strohhut, schwer beladen, sie eingeholt hatte.

«Um Himmels willen!» stöhnte Franziska und faßte nach meiner Hand. «Die Zieroths!»

Der Strohhutmann war also der Gatte jener attraktiven Blondine.

«Wer ist das», tat ich unwissend und setzte meine Sonnenbrille auf, damit mich die Dame Zieroth, falls sie hier an der Tavernenmauer vorbeikam, nicht erkannte.

«Dort, die Blonde in dem roten Kleid und der Mann mit den zwei Koffern und dem Strohhut», sagte Franziska aufgeregt.

«Die kennst du?»

«Genau», sagte Franziska, «sie sind auch bei Weinheimer beschäftigt, in meinem Kaufhaus!»

Der Mann nahm, nachdem er die Koffer abgesetzt hatte, den Hut ab und wischte sich die Stirn.

Ich stellte fest, daß ich ihn schon gesehen hatte.

Am Montagvormittag, während in Ladickes Zimmer die Leiche fotografiert worden war, hatte er mit anderen aufgeregten Angestellten auf dem Gang gestanden und mich sogar angesprochen, als ich mit den Fotos aus des Toten Brieftasche zum Personalchef gegangen war.

«Ist er erschossen worden?» hatte er gefragt.

Und ich hatte nervös und ärgerlich: «Nein, an Kindbettfieber gestorben!» geantwortet, weil ich solche Fragerei nicht ausstehen konnte.

Das war also Herr Zieroth.

«Die wissen doch alles», sagte Franziska. «Wenn sie mich sehen, gibt es einen Skandal!»

Ich stand auf, holte einen der Strohhüte von der Wand, pustete und klopfte den Staub ab und setzte ihn Franziska auf. Ihre Sonnenbrille und der tiefe Schatten, den die breite Hutkrempe warf, machten sie unkenntlich.

Auf das Ehepaar trat ein Insulaner zu und fragte irgendwas. Die beiden nickten. Der Mann holte eine zweirädrige Karre herbei, auf der «Hotel Metropol» stand, und lud die Koffer auf.

«Gott sei Dank», seufzte Franziska erleichtert, «sie wohnen wenigstens nicht in unserem Hotel!»

Der Bursche und die beiden Zieroths zogen ab. Der Frau folgten die Blicke aller Männer am Kai.

«Ist ja 'ne dolle Person!» sagte ich.

«Eine schreckliche Ziege!» sagte Franziska.

«Komm, trink einen Schluck Brosec auf den Schreck», sagte ich und füllte ihr Glas. «Weshalb ist sie eine Ziege?»

«Ach», erwiderte das Mädchen, trank und setzte den Strohhut wieder ab, «eine der schlimmsten Klatschtanten, die ich kenne, ist sie, und ehrgeizig und neidisch und ... ein Brechmittel!»

«Na so was!» sagte ich.

«Der Mann ist nicht viel besser, weißt du», fuhr sie fort, «so 'n Streber und Kriecher. Der würde sogar seine Frau an jeden ausleihen, von dem er sich Vorteile für seine Karriere verspricht – und die würde sich auch ausleihen lassen. Sie war auch hinter Fred Ladicke her und sehr wütend auf mich, weil sie mich mal mit ihm im Auto gesehen hat.»

«Ärgere dich nicht», beschwichtigte ich, «vielleicht haben sie schon länger Urlaub und wissen auch noch nichts von der Geschichte ...»

«Nein», sagte sie, «es war die Zieroth, die am Sonnabendmittag noch den Gang im Verwaltungsstock entlangkam, als Ladicke mich wieder angesprochen hat. Da hat sie wieder so giftig geguckt ... verflixt, daß die ausgerechnet hierher kommen müssen. Ich fahre weg!» Sie knirschte richtig mit den Zähnen.

«Nun mal langsam, Franziska», sagte ich, «erstens wohnen sie woanders, und zweitens bin ich ja auch noch da, und außerdem hast du ein sauberes Gewissen. Was regst du dich also auf?» Plötzlich fiel mir auf, mit welcher Selbstverständlichkeit ich von Franziskas sauberem Gewissen gesprochen hatte.

Ich war also fest überzeugt, daß sie am Tod des Herrn Ladicke keine Schuld trug?

Ja, ich war es. – Urteilte ich eigentlich so objektiv, wie es nötig war, oder sah ich das Mädchen, das mir gegenübersaß, mit den – alles verfälschenden – Augen des Verliebten?

Ich glaubte, nein. Aber was wollte ich dann noch hier?

Ich mußte abreisen, zum Chef gehen, sobald ich in Hamburg war, und sagen: Die Jansen war es nicht!

Woher wissen Sie das, Klipp? würde er fragen.

Mein Gefühl sagt mir das – und sie selber hat es auch gesagt!

Ich konnte sein Gesicht vor mir sehen. So, würde er brummen. Und dann würde eine seiner sarkastischen Bemerkungen folgen, an denen man kaute wie an einem Steak von einer Kuh, die wegen Altersschwäche hatte notgeschlachtet werden müssen ...

Der Wirt kam an unseren Tisch. «Alles gutt?» fragte er.

«Sehr gut», erwiderte ich, obschon außer dem Essen und dem Wein gar nichts, aber auch gar nichts gut war.

Ich fahre morgen früh, beschloß ich im stillen. Und ich knie mich in die Geschichte, bis der wirkliche Täter gefunden ist. Das werden wir schon sehen!

«Jugo bläst», sagte der Wirt, leckte seinen Zeigefinger an und hielt ihn in die Luft, «Wind aus Afrika und Bora von Norden. Bringt Regen und viel kalt. Zwei Tage kommen, zwei Tage bleiben, zwei Tage gehen. Sechs Tage schlecht für Tourist, wenig baden, nix Sonne!»

«Reizend», sagte ich, «hast du gehört, Franziska? Wir kriegen Nordseewetter!»

«Pah!» sagte sie. «Hier, im August! In meinem Prospekt steht: Jelsa, die sonnigste Insel der Adria!›»

«Na ja», meinte ich, «die haben eben den Wirt nicht gefragt!» Ich bezahlte, sagte dreimal *«Hvalla!»* und fünfmal *«Dobre»* und dann gingen wir. Der Hafen war still geworden, die Neugierigen hatten sich verlaufen, die neuen Gäste waren in ihren Hotels, die Mulis trotteten schwerbeladen davon. Ein paar barfüßige Jungen, nicht sehr viel dreckiger als Jungen in dem Alter bei uns zu Hause auch, standen vor einem Volvo Sportcabriolet mit niederländischem Kennzeichen, das mittels eines kleinen Krans vom Deck der «Postira» gehoben worden war. Die Jungen redeten laut und mit kehligen Stimmen, und es war unnötig, ihre Sprache zu verstehen, um zu wissen, daß sie über PS, Hubraum, Höchstgeschwindigkeit und Qualität des Autos diskutierten.

Der Besitzer des Sportwagens, ein baumlanger junger Mann mit Glubschaugen und ohne Kinn, ging prüfend um sein glitzerndes Fahrzeug herum, ob die Entladung auch ohne Kratzer abgegangen war. Was er hier, auf Hvar, mit diesem Auto anfangen wollte, wo die Geröllstraßen nur 30 Std/km möglich machten, war mir unklar. Aber das war schließlich sein Bier.

«Was fangen wir jetzt an, Leo?» fragte Franziska, die wieder ihre Finger in meine geflochten hatte.

«Schaufenster begucken», schlug ich vor.

«Großartig», sagte sie.

Wir schlenderten durch den Ort, bewunderten die acht Schaufenster der fünf Geschäfte, fanden in dem neben der Post die toten Fliegen am schönsten, und gaben dem neben der Schule, mit den zwölf aufgereihten Schnapsflaschen, den Preis für die beste Dekoration.

Wir traten in die Kirche, die von außen aussah, als sei sie innen schön. Aber sie war nur dunkel, leer, mit süßlichen, frommen Bildern geschmückt, und roch nach Moder und kaltem Weihrauch. Wir waren so respektlos, uns hinter einer der Säulen zu küssen. Es wurde aber auch Zeit! Jemand hüstelte empört. Ein Weiblein, ganz in Schwarz, das wir nicht gesehen hatten, kniete neben dem Beichtstuhl und warf uns Blicke zu, die wie vergiftete Pfeile waren.

Wir flohen, fröstelnd, als wir in die Sonnenglut traten, und fuhren zusammen, als uns in einer schmalen Gasse hinter der Kirche eine große schwarze Katze über den Weg lief.

«Nach rechts, was schlechts!» raunte Franziska.

«Von links, Glück bringts», widersprach ich. Aber so richtig lachen konnten wir beide nicht. Die Zieroths saßen uns in den Knochen. Und ein halbes Dutzend Stunden später sollte sich herausstellen, daß Franziska mit ihrem Spruch rechthatte – aber das wußten wir natürlich noch nicht.

Am Himmel wuchs eine dünne weiße Wolke, die wie eine riesenhafte Feder aussah. Ich malte mir aus, daß ich morgen um diese Zeit schon in Österreich sein würde. Früh um vier fuhr das erste Fährschiff von Jelsa nach Split, das hatte Anschluß an einen Zug, mit dem ich in Rijeka am Nachmittag den Expreß nach Deutschland erreichen konnte. Frau Kiebitz, die tüchtige Polizeichefsekretärin, hatte mir die Rückverbindungen auch herausgesucht und aufgeschrieben. Wenn es dann hier wirklich regnete – falls sich die Prognose des Wirts erfüllte –, würde Franziska im Hotel sitzen und Trübsal blasen und über meinen Brief grübeln. Denn ich würde ihr, ehe ich abfuhr, alles schreiben, was zu sagen ich zu feige – oder zu verliebt – war.

Aber vielleicht regnete es nicht. Ich konnte mir das sowieso nicht vorstellen, wie das Meer, das sonnendurchglühte Dorf, die ausgedörrten Berge ringsum, die staubgrauen Pinien und Agaven, die trockenen Geröllstraßen und die leichtgewandeten Touristen bei Regen aussehen würden.

Ich erwog zum zigstenmal die Möglichkeit, Franziska einfach mitzunehmen – aber ich verwarf den Gedanken zum einundzigstenmal. Hoffentlich würde es nicht regnen.

Es war halb sieben, als wir wieder ins Hotel kamen. Aus dem Küchen- und Speisesaaltrakt duftete es nach Abendbrot. Wir standen noch unten in der Halle, ich blätterte durch die Post, die auf der Rezeption lag, obschon ich gar nichts erwartete oder erhoffte – außer im Geheimen eine Nachricht aus dem Präsidium, daß man Ladickes Mörder gefunden habe und Fräulein Jansen somit außer Verdacht sei... aber das waren so Träume. Von Feuerhack war sowieso nicht zu erwarten, daß er den Fall mit viel Interesse verfolgte. Franziska sah mir über die Schulter.

«Die feine Art liebender Damen», rügte ich, «ist das aber auch nicht! Wenn ich nun mit Liebesschwüren von Klothilde oder Eulalia rechne? Das geht dich ja wohl nichts an, wie?»

«Ich möchte die Liebesschwüre ja auch gar nicht lesen», erwiderte sie und kiekste mir den Finger in die Nierengegend. «Nur die Handschrift interessiert mich, verstehst du? Ich hoffe, deine Klothilden und Eulalien haben alle ungewöhnlich lange Unterlängen!»

«Unterlängen?»

«In der Schrift, Leo, du Schäfchen! Das zeugt von Materialismus, Egoismus und der Neigung zum Verhauen des Ehepartners!»

«Ach so», sagte ich.

Mit einemmal war die Halle voll Lärm, Reden, Rufen, Lachen. Die Clique kam von ihrer Segelpartie. Im Nu waren wir umringt und wurden von der ausgelassenen Gesellschaft – sie hatte unter anderem ein paar Korbflaschen Wein mit an Bord gehabt, man roch und merkte es – ausgefragt, gehänselt und mit heiteren Beschimpfungen bedacht. Wir mußten unser nächtliches Haifischabenteuer erzählen und waren, ohne unser Zutun, plötzlich Mittelpunkt der Runde. Im übrigen stellte sich heraus, daß Betsy heute Geburtstag hatte. Ich küßte sie auf beide Wangen und sang: *«Happy birthday!»* und wurde mit Franziska eingeladen, an der Party teilzunehmen, die nach dem Abendessen anläßlich des weltbewegenden Ereignisses auf der Terrasse vor dem Speisesaal steigen sollte.

«Pünktlich um acht!» sagte der kleine Karel.

«Frisch gewaschen und mit gebohnertem Charakter», ergänzte der eine Österreicher, was einen Riesenlacher auslöste.

Es blieb uns keine Wahl, wir mußten zusagen.

Franziska schickte mir einen schnellen, traurigen Blick.

Ich hatte mir den Abend auch anders gedacht. Aber na. Vielleicht konnten wir uns nach einer Weile verdrücken.

Es wurde dann aber – wie Gesellschaften, vor denen man sich fürchtet, es oft an sich haben – doch noch richtig nett. Mir machte das international gefärbte Geblödel Spaß, und wir tanzten, lachten und tranken Dingac, einen würzigen Rotwein, und verscheuchten mit unserer Albernheit und raumgreifenden Hopserei so nach und nach die älteren Semester von der Terrasse.

Kurz nach halb elf war Franziska auf einmal verschwunden. Ich hatte gerade einen schönen, schmusigen Slow-Fox mit ihr tanzen wollen. Weg war sie. Ich tanzte zwei, drei Tänze mit den anderen Mädchen, der kleine Karel machte schon wieder ein langes Gesicht, weil er fürchtete, ich würde ihm nun gar noch seine Betsy ausspannen – als ob ich ein Ladykiller wäre, du liebe Güte...

Dann wurde ich unruhig, lief nach oben, klopfte an Franziskas Zimmertür und klinkte, als keine Antwort kam. Der Schlüssel steckte auch nicht. Die Tür war zu.

Ich lief nach draußen und sah, daß im blassen Mondschein auf der Badeplattform noch ein paar Leute waren. Zwei oder drei schwammen sogar. Ich rief: «Franziska!», aber da war sie auch nicht. Es schien mir sowieso unwahrscheinlich, daß sie schon wieder Lust auf nächtliche Schwimmvergnügungen hatte. Ich ging zurück auf die Terrasse. Die Clique war groß in Stimmung. Sogar der ernsthaft-gescheite Junge aus Ost-Berlin lachte und redete hübschen Unsinn. Betsy verkündete, daß nun eine Damenwahl sei, und ich blieb allein am Tisch sitzen. Es war schon eine Dreiviertelstunde her, daß ich Franziska zuletzt gesehen hatte. Mir wurde richtig angst. Ich rauchte eine Zigarette nach der anderen und trank mehr, als gut war.

Da – endlich – kam sie.

«Wo bist du gewesen?» fragte ich. «Ich habe mir Sorgen gemacht!»

Sie war blaß und sah elend aus, streichelte mir mit den Fingerspitzen über die Stirn – kalt waren ihre Fingerspitzen – und sagte: «Ich habe so Kopfschmerzen gehabt, Leo. Da habe ich eine Tablette genommen und bin ein Stück die Straße raufgelaufen bis zur Landzunge vor der großen Bucht.»

«Im Dunkeln, allein?» sagte ich vorwurfsvoll. «Du bist eine kleine Närrin! Ich hätte ja mitgehen können. Wenn du nur ein Wort gesagt hättest... Wie geht's denn jetzt?»

«Besser», sagte sie, «aber im Hintergrund tut's noch weh. Ich mache noch ein bißchen mit, halbe Stunde, dann gehe ich ins Bett!»

Fortuna lächelte mir nicht, es gab nur noch Beat und Jux-Jazz, lauter schnelle Sachen, nichts Zärtliches, Langsames, was ich so gern mit ihr getanzt hätte. Eben vor Mitternacht verabschiedete sie sich.

«Bis morgen, Lieber», sagte sie, «morgen ist alles wieder gut, nicht wahr? Bitte sag, daß morgen alles wieder gut ist, ja?»

«Morgen ist alles wieder gut», sagte ich brav.

Sie lächelte matt: «Und wir zwei suchen uns ganz allein eine Badebucht, nur du und ich – und lassen uns braun brutzeln, und du ölst mir den Rücken ein, ja?»

«Ja!» sagte ich.

«Gute Nacht!» flüsterte sie und ging.

Ich widmete mich dem Rotwein und sah dem Steigen des Alkoholpegels in meinem Innern zu. Zwischendurch tanzte ich auch mal, ich weiß nicht mehr mit wem, denn ich war viel zu sehr mit mir selbst, mit Franziska, mit dem Brief, den ich ihr schreiben wollte und mit dem Gedanken ans Kofferpacken, das bevorstand und das ich hasse, beschäftigt.

Zuviel durfte ich nicht mehr trinken, der Wein war zwar wundervoll, aber...

Der Hotelmanager kam quer durch die Tischreihen auf mich zu. «Bitte, Herr Klipp», sagte er, «kommen Sie in Rezeption, es ist da ein Mann, er will sie sprechen.»

«Was für ein Mann?» fragte ich.

Er sah sich ängstlich um, aber die anderen tanzten. Keiner konnte ihn hören. «Polizei!» sagte er und machte ein Gesicht wie ein Leichenbitter.

«Mitten in der Nacht?» fragte ich, schon im Aufstehen, steckte meine Zigaretten ein und folgte ihm. Ich war gleich 0,5 Promille nüchterner. In der Rezeption stand ein sehr langer, sehr dünner, sehr dunkler Mann in Zivil. Er hatte einen dicken schwarzen Schnauzbart, wie ihn bei uns manche Dichter tragen, und große dunkle Augen und schmale, langgliedrige Hände mit dunklen Nikotinflecken und dunklen Fingernägeln. Auch seine Stimme war dunkel: «Stepanovic», sagte er mit dieser dunklen Stimme und deutete eine Verbeugung an.

«Klipp», sagte ich, «was kann ich für Sie tun?»

«Ich bin Kollege von Ihnen», sagte er und zog einen Ausweis in einer Cellophanhülle, auf dem sein Foto war und ein Stempel und – neben Unverständlichem – in großen Buchstaben das Wort «Policia».

«Angenehm», sagte ich und gab ihm die Hand, «was ist los?»

«Auf den Felsen neben dem Hotel Metropol ist eine Frau gefunden worden, tot, vor einer halben Stunde. Sie ist Touristin und ...» Franziska! dachte ich und schloß für einen Augenblick die Augen. Mein Magen klopfte.

«... ich weiß wegen Ihres Aufenthalts hier, Herr Klipp», fuhr der Lange fort, «wir hatten vor ein paar Tagen eine Interpolanfrage, daß ...»

«Wie sieht die Tote aus?» unterbrach ich.

«Blond und ...»

«Hellblond?»

«Ja!» sagte er.

Ich holte tief Luft. Aus dem Stein, der mir vom Herzen fiel, hätte ein Bildhauer zwei Reiterdenkmäler meißeln können – mit Fahne.

«Wir wollen Sie bitten, mitzugehen, bitte. Die Tote ist ein Deutsche. Kleidung, Bademantel, ist von Hamburg. Man liest es auf Etikett. Vielleicht Sie nur können helfen zu sagen ...»

«Ist die Frau ertrunken?» fragte ich.

«Nein», sagte er, «nicht. Sie ist tot – wie sagt man ... toterstochen. Mit gewöhnlichen Messer im Hals. So!» Er zeigte mir, wo der Stich saß. Es war die gleiche Stelle, wie bei Ladicke.

«Gut, ich komme», sagte ich, «zwar ist mir unklar, was ich dabei tun soll, aber wenn Sie es wünschen, selbstverständlich.»

«Danke!» sagte er. Dann sprach er mit dem Hotelmanager, der stumm und händeringend danebengestanden hatte, noch ein paar Sätze Serbokroatisch. Der Mann nickte beflissen und sah mich zwischendrin einmal kurz an und nickte wieder. Wir gingen. Vor dem Hotel stand ein kleiner

Fiat. Der lange Kollege faltete sich hinein und öffnete mir die rechte Tür. Ich setzte mich neben ihn. Er fuhr die holprige Straße am Wasser entlang, ohne ein Wort zu sagen. Nach fünf Minuten waren wir da. Er parkte das Auto scharf links an der Mauer und stieg hinter mir auf der rechten Seite aus, was akrobatisch aussah, ihm aber offensichtlich keine Mühe machte. Als wir die Straße verließen und im Schein seiner Stablampe über die Steine zum Wasser kletterten, spürte ich den ersten Regentropfen auf der Stirn.

«Es regnet», sagte ich dumm.

«Ja», sagte er, «der Jugo. Ein Wind, der kommt...»

«... aus der Sahara und bringt Regen, ich weiß», vervollständigte ich seinen Satz.

«Aber nur ein, zwei Tage!» meinte er.

Wir hatten eine große, helle Felsplatte erreicht. Zwei Männer standen da. Der eine in Uniform war der Ortspolizist, der andere war ein kleiner Herr mit weißen, lockigen Haaren, der sich als Dr. Vulkovic oder so ähnlich vorstellte.

Am Rande der Felsplatte lag, mit einem weiß-rot gestreiften Bademantel bedeckt, die Tote. Sie lag da wie ein großer, seltsamer Fisch.

Ich ging hin und hob den Bademantel an der Seite hoch, wo sich eine blonde Haarsträhne, noch heller als der Stein, auf dem Felsen ringelte.

Es war Frau Zieroth.

## 6

Ich ließ den Bademantelzipfel wieder über das blutige Gesicht der verblichenen Frau Zieroth fallen, richtete mich auf und sah den langen, dünnen Kollegen an.

«Ja», sagte ich, «da kann ich Ihnen helfen. Ich kenne die Tote...»

«Wundervoll!» sagte er.

So wundervoll fand ich das gar nicht.

Wir standen jetzt mit dem Rücken zu Frau Zieroths Leiche.

Die Regentropfen fielen dichter.

Der kleine, weißhaarige Arzt kletterte schon über die Steine hinauf zur Straße. Aus seiner runden Ledertasche baumelte ein Gummischlauchende.

Stepanovic sagte zu dem Polizisten, der den Kragen seiner Uniformjacke hochschlug, ein paar Worte, es klang wie ein Befehl. Der Polizist nickte.

«Und wer ist es, bitte, Herr Klipp?» fragte mich Stepanovic nun.

Ich sagte ihm, was ich wußte.

Es gab keine andere Möglichkeit, obschon mir klar war, was eine tote – erstochene – Frau Zieroth für Franziska bedeutete... aber ich mußte es ihm sagen.

Während ich sprach, waren wir von Steinplatte zu Steinplatte gestiegen.

«Sie ist in selbe Firma wie diese Mädchen, die Sie hier...?» fragte er und vermied es, mich anzublicken.

«Ja», sagte ich, «genau. Sie ist – oder richtiger: sie war es, die Franziska Jansen zuletzt mit dem Ermordeten in Hamburg gesehen und das auch ausgesagt hat.»

Jetzt hatten wir die Straße erreicht. Der Kies knirschte unter unseren Schritten.

«Und wie, bitte, ist dieses Mann in Hamburg gemordet?» fragte er.

«Auf die gleiche Art», sagte ich leise.

«Wie bitte?» fragte er.

«Auch so», sagte ich lauter, «mit einem Stich in die Halsschlagader – nur war es dort eine Schere...»

«Was, bitte?» fragte er.

«Eine Schere», sagte ich und machte mit dem Mittel- und Zeigefinger die Scherenbewegung für Kleinkinder.

«Gehen Sie mit in Hotel Metropol, ja, bitte sehr?» fragte er.

«Natürlich», sagte ich. «Wenn Sie Wert drauflegen!»

Der Arzt verabschiedete sich, stieg auf ein Moped, das ich vorhin gar nicht hatte stehen sehen, und knatterte davon. Wir krabbelten in den kleinen Fiat. Als Stepanovic wendete, streiften seine Scheinwerfer den nassen Kopf des Polizisten, der unten auf den Steinen bei der Leiche stand.

«Eine sehr dumme Sache!» sagte der Kollege, während wir zum Hotel Metropol fuhren. Sonst nichts.

«Ja», sagte ich.

Sonst auch nichts.

Der rechte Scheibenwischer funktionierte nicht. Er schmierte nur ruckweise die Schicht aus Staub und Regentropfen auf der Windschutzscheibe breit, so daß ich nichts sehen konnte. Ich hatte allerdings auch wenig Sinn für die Schönheiten der kurzen, nächtlichen Fahrt, die uns nur um das Hotel Metropol herum ein Stück den Hang hinauf führte, wo Stepanovic den Wagen direkt vor dem erleuchteten Hoteleingang anhielt.

Der Mann hinter dem Empfangstresen machte große Augen, als wir in die Halle kamen. Der lange Kriminalbeamte sagte irgend etwas mit seiner dunklen Stimme und griff nach dem Telefon, das neben dem Schlüsselbrett stand. Er wählte und sprach.

«Hui!» sagte der Mann vom Hotel, spitzte die Lippen und sah mich besorgt an.

Zu blödsinnig, daß ich die Sprache nicht verstehen konnte. Ich kam mir vor, wie sich ein Pavian vorkommen muß, wenn die Menschen außerhalb des Gitters Witze über ihn reißen.

Stepanovic schien meinen Ärger zu spüren. Als er den Telefonhörer aufgelegt hatte, erklärte er mir, daß er seine Dienststelle in Hvar benachrichtigt habe und daß von dort alles weitere zum Abtransport der Toten und so veranlaßt würde.

«Wir wollen jetzt zusammen der Mann von die tote Frau geben eine Nachricht, nicht wahr!» sagte er.

«Tja – denn man los!» sagte ich.

Es gibt eine bestimmte Sorte schlechter Träume, in denen man einen endlos langen, kahlen Gang entlangläuft, ohne umkehren zu können – und man spürt und weiß im Traum, daß dort, wo dieser Gang doch endet, irgendein Unheil lauert ... So ein Gefühl hatte ich jetzt, als wir uns aufmachten, Herrn Zieroth zu suchen, um ihm den Tod seiner Frau zu melden.

Stepanovic hatte vom Empfangschef erfahren, daß Zieroth noch nicht auf seinem Zimmer sei.

«Er wollte in die Bar ...» erklärte er mir.

«Wann war das?» fragte ich.

Er übersetzte die Frage.

Der Hotelangestellte hob fragend die Schultern und sah nach der Uhr, ehe er antwortete.

«Das kann gut zwei Stunde vorbei sein ...» dolmetschte Stepanovic.

Wir gingen den Gang zur Bar, die sich in den Kellerräumen des Hotels Metropol befand, entlang.

Der Gang war fast so kahl wie die Gänge meiner bösen Träume. Er unterschied sich nur durch den intensiven Geruch nach Tabakrauch und Alkohol von meinen Albtraumgängen.

Die Bar war niedrig, eng, rot beleuchtet und ziemlich voll. Gedämpftes Gemurmel schlug uns entgegen, dazwischen ein Lachquietscher und halblautes Radio- oder Grammophongedudel.

Ich sah Zieroth sofort. Er saß an der Wand in einer Nische mit vier anderen Leuten zusammen, hatte den rechten Arm um die Schulter eines dicken Herrn gelegt und den Kopf in die linke Hand gestützt.

Er war ganz schön blau.

Die anderen waren auch blau – aber Zieroth war zweifellos König. Weinflaschen und Bierflaschen standen auf dem Tisch und dazwischen zeugten Slivovitzgläser von den umfassenden Studien, die die Runde getrieben hatte.

Als wir an den Tisch traten, sagte der Dicke zu Zieroth gerade: «... du hättst uns mal sehn solln, Erich – damals, im Donezbecken –, da hättst du uns mal sehn solln! Da gabs kein Halten, sag ich dir, Erich! Kein Halten! Die sind gelaufen – wie ... na, das hättst du mal sehn solln, Erich – aber heute ...?»

Und er tätschelte Erich Zieroths Gesicht mit seinen dicken weißen Fingern und ließ die Hand dann schwer auf die Tischplatte plumpsen.

Die drei anderen – eine Frau und zwei Männer – hatten sich untergefaßt und wollten gerade zu schunkeln beginnen, da traten wir zu ihnen.

«Herr Zieroth!» sagte ich.

Er hob langsam den Blick.

«Hallo, Herr Zieroth!»

«Du wirst verlangt, Erich», schnaufte der Dicke und stieß ihn an.

«Was ist los?» sagte Zieroth.

«Wir möchten Sie gern sprechen!» sagte ich.

«Dich kenn ich doch!» sagte Zieroth. Seine Augen wackelten, sein Kopf wackelte, sein ganzer Oberkörper wackelte.

«Ja», sagte ich, «aus Hamburg!»

Die drei anderen fingen an zu singen: «Einmal am Rhein...» und schunkelten dazu.

Die Frau stieß mit ihrer Schulter immer an Stepanovics Hüfte.

«Kommen Sie bitte einen Moment mit raus!» sagte ich jetzt lauter und schärfer, denn das verächtliche Lächeln, das um des Jugoslawen Mundwinkel zuckte, machte mich ganz kribbelig.

«Jawoll!» sagte Zieroth und riß sich zusammen.

Ich hatte den richtigen Ton getroffen.

Er erhob sich, kam hinter dem Tisch hervor und reichte erst Stepanovic und dann mir die Hand.

«Zieroth, angenehm!» sagte er und grinste.

Wir nahmen ihn in die Mitte. Er konnte ganz gut gehen.

«Das hättest du mal sehn solln, Erich!» rief der Dicke laut.

«Einmal am Rhein...» sangen die anderen.

Ehe wir den Ausgang erreicht hatten, kam der Kellner gelaufen.

«Bezahlen, bitte särr, der Herr!» sagte er.

«Zimmer acht... acht... achtundzwanzig!» stotterte Zieroth. «... machen wir morgen früh, Kamerad!»

«Ich muß bitten...» sagte der Kellner.

Stepanovic pfefferte ihn an. Er sprach nur sechs oder sieben Worte, die waren aber wie ein Peitschenhieb.

Der Kellner zuckte. *«Dobre!»* flüsterte er, machte eine Verbeugung, blieb stehen und sah uns mit offenem Mund nach.

Im Kellergang vor der Bar hielten wir an.

Zieroth lehnte sich an die weißgekalkte Wand. «Was ist eigentlich los?» fragte er.

«Wann haben Sie Ihre Frau zuletzt gesehen?» fragte ich zurück.

«Ist sie weg?» Er lachte. Plötzlich wurde er ernst. «Wo ist meine Frau?» rief er und sah abwechselnd Stepanovic und mich an. Durch seine Trunkenheit schimmerte so etwas wie Unruhe oder Panik.

«Ihre Frau ist tot!» sagte Stepanovic langsam mit seiner dunklen Samtstimme.

Zieroth kniff die Augen zusammen und schüttelte den Kopf mehrmals ganz schnell – wie jemand, der Wasser in den Ohren hat.

«Was sagt er?» fragte er mich dann und griff nach meinem Arm.

«Ja –» erwiderte ich, «kommen Sie zu sich, Herr Zieroth! Es ist leider wahr. Ihre Frau ist tot!»

Wieder wanderte sein glasiger Blick von mir zu Stepanovic und zurück zu mir.

«Das sind aber blöde Witze», sagte er und verzog die Lippen zu einem angeekelten Lächeln. «Blöde Witze ... also ich finde euch beide ...» Aber auf einmal fiel der Ausdruck der Betrunkenheit von seinem Gesicht ab wie eine Maske.

Er sah uns an wie Gespenster, mit Angst im Blick, und flüsterte: «Tot?»

Stepanovic nickte.

Ich sagte: «Ja!»

«Ertrunken?» flüsterte er.

«Nein», sagte ich, «sie ist ermordet worden!»

«Nein, nein!» sagte er.

«Doch», sagte ich.

«Ja – es ist so», bestätigte Stepanovic.

«Wo – wo ist sie?» fragte Zieroth.

«Kommen Sie mit!» sagte ich.

Wir gingen den Kellergang nach vorn. Zieroth lief verblüffend geradlinig und sicher zwischen uns. Keiner sagte ein Wort. Als wir die Halle querten, rief der Empfangschef dem jugoslawischen Kriminalbeamten irgend etwas zu. Der antwortete nur mit einer Handbewegung.

Draußen goß es in Strömen. Wir liefen zunächst unter dem Schutz des Balkons im Gänsemarsch bis zur Ostecke des Hotels. Es war kalt und windig und stockdunkel.

An der Ecke knipste Stepanovic eine Stablampe an, sagte «Kommen Sie!» zu Zieroth, faßte ihn am Arm und ging mit ihm voran über die Straße.

Zieroth drehte sich um und fragte mich mit einer erstaunlich nüchternen Stimme: «Wo ist sie denn?»

«Gleich!» sagte ich, und da waren wir auch schon bei den Steinen und balancierten hinter Stepanovic her, der den Lichtstrahl seiner Lampe mal nach vorn für sich und mal nach hinten für uns scheinen ließ.

Zieroth stöhnte nicht und schrie nicht und weinte nicht, als wir die Leiche seiner Frau erreicht hatten. Er kauerte vor ihr und murmelte ein paarmal ihren Vornamen – Gisela – und kämpfte gegen das Aufstoßen, das ihm Bier, Rotwein und Slivovitz verursachten.

Gleich darauf kam der Krankenwagen, den Stepanovic bestellt hatte. Zwei Männer mit einer Bahre turnten über die Steine und luden mit Hilfe des klitschnassen, schweigsamen Polizisten die Tote auf. Dabei verrutschte der Bademantel, und man sah den Messergriff vibrieren, der aus Frau Zieroths Hals herausragte.

Herr Zieroth verkniff das Gesicht und wandte sich ab und preßte die Fäuste vor den Magen.

Der Regen ließ nach, aber der Wind wurde schärfer und noch kälter.

Ich fragte, während wir wieder zur Straße hinaufstiegen: «Haben Sie irgendeine Vorstellung, Herr Zieroth, wer Ihre Frau getötet haben könnte?»

«Ich weiß nicht», sagte er, «sie wollte noch schwimmen gehen. Wir haben uns beinahe gezankt deswegen. Ich fand das – so – so, na ja, so blödsinnig, nachts um elf geht kein vernünftiger Mensch ... aber sie wollte unbedingt! Ich bin dann, weil ich ein bißchen ärgerlich war, und weil ich auch Durst hatte, in die Bar. Ich hab gedacht, sie wird mich schon holen. Und dann sind wir da ins Erzählen gekommen, die Leute aus Gelsenkirchen und ich. Na ja ...»

«Wann sind Sie in die Bar gegangen?» fragte ich.

Stepanovic, der aufmerksam zuhörte, nickte, so als hätte er genau die gleiche Frage auf der Zunge gehabt.

«Wann?» fragte Zieroth zurück. «Na, kurz nachdem meine Frau zum Baden gegangen ist. Ich habe nicht nach der Uhr ... mir ist so schlecht. Einen Kaffee könnte ich brauchen!»

«Es ist besser, Sie gehen jetzt schlafen!» riet ich.

«Nur noch eine Frage, bitte sehr», schaltete sich der Jugoslawe ein. Wir standen jetzt wieder unter den Balkons im Trockenen.

«Ja?» sagte Zieroth.

«Haben Sie hinter Ihrer Frau nachgesehen?» fragte Stepanovic, und als er merkte, daß Zieroth ihn nicht verstand, sah er mich hilfesuchend an.

«Haben Sie hinter Ihrer Frau hergeschaut, als sie zum Wasser ging?» fragte ich jetzt.

Zieroth überlegte. «Ja ...» sagte er zögernd, «ich glaube ja ...»

«Ist sie einzeln – ich meine alleine gelaufen?» fragte Stepanovic.

«Ich weiß nicht», sagte Zieroth, «da waren ein paar Leute – es war auch so dunkel ... ich ...»

«Sie haben nicht einer gekannt?» fragte Stepanovic.

Zieroth schüttelte den Kopf.

«War es Mann oder Frauen?»

«Ich weiß nicht», sagte Zieroth.

Wir brachten ihn bis an seine Zimmertür.

«Haben Sie Schlaftabletten?» fragte ich.

«Ja!» sagte er.

«Nehmen Sie zwei!» sagte ich.

«Ja, mach ich», murmelte er, schüttelte geistesabwesend den Kopf und ging in sein Zimmer.

«Ist da Gefahr, daß er macht Unsinn, glauben Sie?» fragte Stepanovic, nachdem Zieroth hinter sich die Tür geschlossen hatte.

«Nein», sagte ich, «ich denke nicht!»

Dann kam die Frage, auf die ich die ganze Zeit gewartet hatte: «Wissen Sie, Herr Klipp, wo das Fräulein Jansen ist gewesen der ganze Abend?»

«Nein», sagte ich. Zwölf Sekunden kämpfte der verliebte Klipp gegen den korrekten Klipp – und dann siegte der korrekte und ich sagte: «Ich war nur einen Teil des Abends in ihrer Nähe!»

«Und welche Zeit waren Sie nicht?» fragte Stepanovic.

«Nach halb elf – eine halbe – dreiviertel Stunde... fünfundvierzig Minuten», sagte ich... korrekt, korrekt und voll Angst und voll Zweifel und bis ans Kinn in einem Strudel widerstrebender Gefühle.

Stepanovic zuppelte mit der Unterlippe an seinem schwarzen Schnauzbart. Wir gingen nebeneinander langsam, in gleichem Schritt, wie Leidtragende hinter einem Sarg, den Hotelflur entlang, die Treppe hinab und durch die Halle.

Aus der Kellerbar drang Gelächter und Gesang.

«Wer hat dich, du schöner Wald, aufgebaut so hoch da droben...»

Die Uhr über der Rezeption zeigte fünf vor eins.

Der Wind, der uns draußen ansprang, riß Stepanovic die Worte vom Mund. Ich verstand nicht alles, was er sagte. Ich brauchte auch nicht alles zu verstehen, denn ich wußte, was er sagen würde, was er sagen mußte.

Bei einigem Nachdenken blieb ihm keine Wahl, als dieses zu sagen: «Ich muß das Fräulein Jansen festnehmen, Herr Klipp...!» – und so ähnlich sagte er es auch.

Und er fügte hinzu: «Bitte, kommen Sie mit!»

Also krochen wir in den kleinen Fiat und holperten über die schmale Schotterstraße und fuhren zum Hotel Venezia. Wir fuhren schweigend, denn es gab nichts zu sagen.

Im Hotel Venezia war Ruhe. Nur in zwei Zimmern brannte noch Licht.

Wir stiegen in dem Moment aus dem kleinen Auto, als einer der Angestellten gerade die große Tür zur Hotelhalle abschließen wollte. Stepanovic sagte wieder einen seiner Sätze aus Zischlauten.

Der Angestellte nickte eifrig und fuhr sich mit dem Finger zwischen Hals und Kragen, als ob ihm das Hemd plötzlich zu eng wäre. Wir gingen nebeneinander die Treppe hinauf und den Gang entlang – ich hatte das Gefühl, die letzten Jahre meines Lebens mit dem Durchschreiten von Gängen verbracht zu haben – und ohne Aufenthalt auf das Zimmer zu, in dem Franziska wohnte.

Mir fiel erst später auf, daß mein jugoslawischer Kollege genau wußte, welches Zimmer es war.

Gestern um diese Zeit hatten wir – Franziska und ich – nebeneinander in dem haifischumkreisten Boot gesessen und hatten uns geküßt. Jetzt war ich im Begriff, einem langen, dunklen, wortkargen Kriminalpolizisten Amtshilfe bei des Mädchens Verhaftung zu leisten.

Ein Tag wie eine Berg- und Talbahn. Ich schätze Berg- und Talbahnen fast so wie Blasorchester.

Nun, vor Franziskas Zimmertür, fuhr der Ratterwagen meiner Stimmung ganz unten.

«Soll ich ihr klopfen oder wollen besser Sie?» fragte Stepanovic. Er war sehr fair.

Ich klopfte.

Wir warteten auf eine Antwort mit schräggeneigten Köpfen. Irgendwo rauschte Wasser. Jemand hustete. Draußen greinte eine Katze. Sonst kein Laut.

Ich klopfte noch mal – diesmal ein bißchen kräftiger. «Hallo!» rief ich halblaut mit dem Gesicht nahe der Tür.

Dann kam die kleine Piepsvogelstimme: «Wer ist da?» Verschlafen, verwirrt: «Was ist los?»

«Ich bin's, Leo», sagte ich, «mach auf, Franziska!»

Sie kicherte und erwiderte, halb amüsiert und halb empört: «Du bist verrückt! Mitten in der Nacht...»

«Ich weiß», sagte ich und suchte nach einer Erklärung, bei der sie nicht allzusehr erschrecken würde. Mir fiel absolut nichts ein. Ich sah ratsuchend Stepanovic an, aber der hielt den Blick gesenkt und kaute an seinem Schnurrbart.

«Es ist was passiert, mach doch auf!» sagte ich.

«Ach, du liebe Güte!» rief sie, nun doch erschrocken.

Ich hörte ihre nackten Füße auf den Plastikplatten, dann klickte das Schloß und die Tür ging auf. In einen dunkelroten, langflauschigen Bademantel gewickelt, stand Franziska im Türrahmen. Sie sah mit weit aufgerissenen Augen zu Stepanovic.

«Was – was ist?» fragte sie flüsternd.

«Mein Name ist Stepanovic», sagte der Kollege, «Kriminalpolizei. Bitteserr, ich muß –» er sah sich um – «können wir nicht hineingehen, bitte?»

Franziska nickte und trat zurück. Sie war sehr blaß, aber das konnte auch an dem kalten Kugellampenlicht liegen.

Stepanovic ging hinein, Franziska schloß, nachdem auch ich eingetreten war, die Tür zum Gang und stand nun neben mir und sagte: «Ja – bitte?»

Das Zimmer war ein bißchen unordentlich, wie solche Hotelzimmer stets sind, wenn man sich für längere Zeit darin einrichtet, weil es an Behältnissen für den Krimskrams fehlt, den Menschen so mit sich herumschleppen: Bücher, Zeitschriften, Schreibpapier, Sonnenöl, irgendwelche Cremes, Tabletten, Sprays, Modeschmuckstücke, Stoffpuppen... was weiß ich.

«Sie kommen wegen des Mordes an Alfred Ladicke, nicht wahr?» fragte Franziska – jetzt ruhig und sicher.

«Nicht direkt!» sagte Stepanovic. Er druckste herum.

Ich war erstaunt, ihn so zu sehen, nachdem er bisher, im Umgang mit den Polizisten, Hotelleuten, mit Zieroth und auch mit mir sehr bestimmt und geradezu gewesen war.

«Wo sind Sie am Abend gewesen, bitte, Fräulein Jansen?» fragte er schließlich. «Von halb elf Uhr an?»

«Welchen Abend?» fragte Franziska. Sie griff nach meinem Arm, als fühle sie die Bedrohung.

«Vergangenen Abend», half ich. «Herr Kriminalkommissar Stepanovic muß wissen, wo du gewesen bist, als du nicht mit uns im Saal warst und ...»

«Ich – ich ...» Sie stotterte. «Aber warum, um Himmels willen? Was hat das mit Ladicke zu tun, wo ich gestern abend war? Ich war spazieren – die Straße entlang, bis zur Bucht. Mir war nicht gut, ich wollte – ich brauchte frische Luft. Warum ...?»

«Haben Sie Frau Zieroth gesehen, als Sie gegangen sind an frische Luft?» wollte Stepanovic wissen.

«Nein!» sagte Franziska leise. «Was ist mit Frau Zieroth?»

«Sie wußten, daß diese ist hier?»

«Ja ...»

«Sie wußten, daß sie wohnt im Hotel Metropol?»

«Ja, ja – das Gepäck wurde mit einem Karren transportiert, auf dem ‹Metropol› stand», sagte Franziska, «daher wußte ich ...»

«Haben Sie dieser Leute aufgewartet? Wie sagt man ...? Beachtet – oder?» fragte Stepanovic.

«Nein», mischte ich mich ein, «das ist ein Zufall, daß Fräulein Jansen von Zieroths Anwesenheit in Jelsa weiß. Wir haben zusammen in einem Restaurant am Hafen gesessen und von da aus gesehen, wie das Schiff eintraf und wie das Ehepaar Zieroth ausstieg.»

«Schönen Dank, Herr Kollege!» sagte Stepanovic.

«Aber bitte», sagte ich.

«Kollege ...?» Franziska ließ meinen Arm los und sah mich fassungslos an.

Ich erschrak. Jetzt war es soweit.

«Wieso Kollege?» Sie trat zwei Schritte zurück, als hätte ich eine ansteckende Krankheit.

«Ja –» sagte ich nur.

Ihre Stimme war ganz rauh, als sie fragte: «Bist du ... Kriminalbeamter?»

«Ja», sagte ich, «aber ...»

«Und deine – Anhänglichkeit und – Zuneigung und – Nettigkeit ... das war also alles dienstlich, nicht wahr?»

«Aber nein, Franziska ...!» Ich streckte ihr die Hände entgegen. Stepanovic war mir im Augenblick völlig gleichgültig.

Sie wich noch weiter zurück, sah mich mit schmalen Augen an und biß die Lippen aufeinander.

«Wenn du mir sagst, wo du von halb elf an gewesen bist, ist doch alles in Ordnung!» sagte ich.

«Und sonst ist nichts in Ordnung?» fuhr sie mich an. «Was war denn los nach halb elf, wie?»

Stepanovic fiel ein: «Frau Zieroth, die Ihnen zuletzt mit jenes Mann in Hamburg gesehen hat, ist ermordet worden», sagte er fast sanft. «Jemand hat sie mit einem Messer in den Hals ...»

«Nein!» stöhnte sie, schlug die Hände vors Gesicht und schwankte.

Ich trat auf sie zu und faßte sie an den Schultern.

Sie zog die Schultern hoch, als fröre sie. «Laß mich los!» Und dann fing sie plötzlich an zu schreien: «Dann nehmt mich doch mit!» Die Hände vor ihrem Gesicht hatte sie zu Fäusten geballt und schlug sich damit selbst gegen die Schläfen. «Sperrt mich ein, ja! Sperrt mich doch ein! Ich soll es gewesen sein, nicht wahr? So macht doch ein Ende, nehmt mich mit!» Und sie warf sich auf ihr Bett und schluchzte haltlos.

Im Nachbarzimmer pochte jemand gegen die Wand. Es war halb zwei. Da lag ein bebendes Bündel roter Bademantel, nur ein paar Kräusellocken guckten heraus und ein hübsches Knie.

Stepanovic und ich sahen uns nicht an. Ich stand mit hängenden Händen und kaute auf einem schlechten Gewissen. Die Zeit verging, wie sie es immer tut. Nur tut sie es nicht immer so quälend und spürbar.

Als die Abstände zwischen Franziskas Schluchzern größer wurden, sagte Stepanovic: «Ich bedaure es, aber ich muß Sie auffordern, daß Sie mit mirr kommen, Fräulein Jansen ... wegen die Verdacht, Frau Zieroth erstochen zu haben! Bitteserr, packen Sie Ihre Gepäck, wir fahren in dreißig Minuten!»

Sie richtete sich auf, wendete ihr verweintes Gesicht zu Stepanovic und fragte: «Ich bin – ich bin also – verhaftet?»

«Ja», sagte er ohne jede Bewegung.

Ich war Luft für sie, und ich blieb Luft eine entsetzliche, endlose Viertelstunde lang. Stepanovic hatte sich ans Fenster gestellt, ich lehnte an der Wand und betrachtete meine Schuhe.

Franziska warf ihre Sachen in ihre Koffer, zog sich unter dem Bademantel an und sprach während der ganzen Zeit kein Wort. Endlich sagte sie: «Ich bin fertig!»

Stepanovic nahm den einen Koffer, ich griff mir, ehe sie es verhindern konnte, den anderen. Sie ging voraus, ich verließ als letzter das Zimmer. In der Tür drehte ich mich noch einmal um. Auf dem Nachttisch lag der Haifischzahn.

Ich holte ihn mir, steckte ihn ein und knipste das Licht aus.

Auf dem Wege nach unten fragte ich Stepanovic leise: «Wie geht das nun weiter?»

«Ich bringe Fräulein Jansen nach Split zum Gericht!» sagte er. «Das Schiff fährt in eine gute Stunde!»

Vor dem Hotel stand der nasse Polizist von vorhin. Er hielt, als wir herauskamen, auf ein Wort des Kommissars die Tür des kleinen Autos auf. Franziska setzte sich hinein. Sie gönnte mir keinen Blick. Der Polizist quetschte sich mit den zwei Koffern auf den winzigen Rücksitz. Stepanovic klemmte sich hinters Lenkrad. Durch das offene Seitenfenster gab er mir die Hand.

«Adieu, Herr Klipp!» sagte er.

«Adieu!» wiederholte ich vorgebeugt und sah das Profil des Mädchens im Wageninnern... ein zauberhaftes Profil – wirklich viel schöner als auf dem Foto aus Ladickes Brieftasche. «Adieu!» sagte ich noch mal – zu ihr hin.

Sie senkte die Augen und runzelte die Brauen wie jemand, der sich einen Schmerz verbeißt.

Stepanovic zündete, gab Gas und fuhr davon.

Ich merkte erst jetzt, als ich den roten Schlußlichtern nachsah, daß es wieder regnete.

In der Hotelhalle wartete, grau vor Müdigkeit, der Mann, der uns vorhin hereingelassen hatte.

«Ich reise mit dem ersten Schiff ab», sagte ich, «bitte machen Sie mir die Rechnung fertig.»

«Das darrf ich nicht», sagte er, «ich muß Direktor wecken!»

«Tut mir entsetzlich leid», sagte ich, obschon es mir so schnuppe war wie die Memoiren ehemaliger Generalstabsoffiziere.

Ich ging hinauf und setzte mich auf mein Bett und rauchte und versuchte die Schubladen meiner Gedanken und Gefühle aufzuräumen und kam zu der Überzeugung, daß es sinnlos wäre, hierzubleiben.

Ich mußte die Geschichte am richtigen Ende anfangen aufzuknoten – und das richtige Ende war Hamburg, das Leben und der Tod und die akkurate Korrespondenz des Kaufhauscasanovas Ladicke – immer vorausgesetzt, daß meine Menschenkenntnis noch intakt war und nicht von der Verliebtheit verbogen.

Ich sammelte meine Sachen zusammen und steckte meinem müden und traurigen Gesicht im Spiegel über dem Waschbecken die Zunge heraus und stellte mich, als ich alles fertig hatte, noch zehn Minuten auf den Balkon vor dem Zimmer.

Es fing an, hell zu werden. Richtig rosenfingrige Morgenröte, die ich bisher für eine Erfindung romantischer Frühdichter gehalten hatte, breitete sich aus. Ganz in der Nähe begann ein Kuckuck zu schreien – drüben, auf der anderen Seite der Bucht, echote ein zweiter. Es ging auf drei. Ich rechnete an den Fingern nach und stellte fest, daß ich knapp vierzig Stunden Paradies genossen hatte – Paradies mit allem, was dazugehört: Eva, Versuchung, Schlange und Vertreibung. Nur der Sündenfall hatte nicht so recht stattgefunden... albern.

Ich verließ den Gefühlserker und schleppte meinen Koffer durch den Gang, der förmlich nach Schlaf roch.

Sehr froh war der Direktor nicht darüber, daß man ihn geweckt hatte. Ich hatte weder Lust noch Veranlassung, ihn aufzuheitern. Ich zahlte, verabschiedete mich und wollte gehen.

«Pardon», sagte er, «und wie ist es mit Rechnung von diese Person – diese Mörderin...?»

Da setzte ich meinen Koffer noch einmal ab und haute dem armen, verschlafenen Kerl eine hinter die Löffel, so heftig, daß er sofort hellwach war und entsetzt: «Aber!!» rief. Ich gab ihm keine Antwort, verließ still das Etablissement, und schämte mich vor mir selbst.

Es war ganz hell, als ich am Hafen anlangte. Das Schiff hatte schon eine kleine Rauchfahne über dem Schornstein. Bis zur Abfahrt war noch eine halbe Stunde Zeit. Die rosenfingrige Morgenröte hatte sich nicht durchgesetzt. Der Himmel war grau und sah eher nach Nordsee als nach Adria aus. Das Wasser hatte die Farbe von nassem Schiefer und trug Schaumkrönchen, die krakeligen kleinen Kreidestrichen glichen.

Ich ging über die dröhnenden Holzplanken an Bord, stellte mich oben an die Reling und sah dem Betrieb zu. Weinfässer wurden auf das Vorschiff gehievt und dort gestapelt, zwei Fischer schleppten Körbe mit Tintenfischen herbei, über die Eisstücke gestreut waren, vier Insulaner brauchten fünf Minuten, um einen Maulesel zu bewegen, über den Laufsteg aufs Schiff zu gehen. Schließlich trugen sie ihn hinauf. Dann kam ein großer Lieferwagen, aus dessen Führerhaus ein Polizist kletterte. Er schnallte hinten die Plane auf, drei Männer sprangen von der Ladefläche. Sie schoben und zogen mit höh und hoh einen Sarg heraus, trugen ihn zu viert aufs Schiff und stellten ihn zwischen die Weinfässer, die Fischkörbe und das Maultier. Dort deckten sie eine Plane darüber – immerhin.

Redend und lachend gingen die Männer wieder an Land, der Polizist blieb auf dem Schiff. Er setzte sich neben dem Sarg auf eine Kiste und zündete sich eine Zigarette an. Die Schiffsglocke wurde geläutet. Zwei Frauen, die große Bündel auf den Köpfen trugen, kamen noch angelaufen, dann wurde der Plankensteg eingezogen, die Taue wurden gelöst, es ging los.

Ich blieb stehen, bis wir aus der Bucht hinaus waren, dann ging ich in den sogenannten Salon – eine Art Bordrestaurant, von wo es gut nach Kaffee duftete.

Der Raum war dunkel und voller Leute und mit Tabakrauch gefüllt wie ein Bauernbett mit Federn. Neben dem kleinen Ausschank, in dem eine dicke Frau herumwirtschaftete, saß Franziska zwischen Stepanovic und einem jugoslawischen Polizisten. Ich nickte ihnen zu, kaufte mir eine Portion Kaffee und setzte mich zwei Tische weiter, wo Platz war. Wenn dieses Schiff jetzt untergeht, spann ich, ist der ganze Fall gelöst – dann sind die Polizisten weg, die mögliche Mörderin und auch die Leiche ... und der wirkliche Täter ist fein raus ...

Franziska ging, von Stepanovic begleitet, durch die Tischreihen nach draußen.

Ich trank meinen Kaffee aus und ging ihnen nach.

Stepanovic stand mit einem der Schiffsoffiziere auf dem Sonnendeck im Gespräch. Franziska lehnte zwei Meter davon im Windschatten des Kajütenaufbaus und rauchte.

Ich stellte mich wortlos neben sie. Sie rührte sich nicht. Stepanovic drehte uns den Rücken zu.

Ich angelte den Haifischzahn aus der Tasche.

«Du hast ihn liegenlassen», sagte ich und hielt ihn ihr auf der flachen Hand hin.

Sie reagierte nicht.

«Ich fahre nach Hamburg», fuhr ich fort, «und ich werde keine Ruhe geben, bis der Fall geklärt ist. Nimm den Haifischzahn, Franziska, bitte! Er soll Glück bringen! Und hab doch ein bißchen Vertrauen zu mir ... ja?»

Sie warf ihre Zigarette über die Reling, sah mich mit großen Augen fünf lange Sekunden an und griff dann nach dem Talisman, drehte ihn zwischen den Fingern und betrachtete ihn und steckte ihn ein – ohne ein Wort zu sagen.

## 7

Vier oder fünf von dreizehn griesegrauen Stunden schlief ich in einem Liegestuhl an Deck des Schiffes, das von Split nach Rijeka die dalmatinische Küste entlangdampfte. In Split waren alle anderen Mitwirkenden der Tragikomödie von Bord gegangen: Franziska, die grau und blaß wie der Himmel war, zwischen dem Polizisten und Stepanovic – und auch der Sarg mit den schaurigen Resten der Frau Zieroth.

Ich hatte mich ums Abschiednehmen gedrückt, weil mir sowieso der berühmte Kloß in der Kehle saß – und ich kenne kaum was Peinlicheres als Männer, denen man anmerkt, daß sie sich das Heulen verkneifen – ganz gleich, ob's Tränen der Wut, Enttäuschung oder Ohnmacht sind, die sie runterschlucken.

Nach dem Abschied, der also, wie gesagt, ohne meine Anwesenheit vor sich gegangen war, hatte ich einen doppelten Slivovitz auf meine lädierte Seele gegossen und mich an der Leeseite des Schornsteins niedergelassen und – fast ohne Unterbrechung – geschlafen, bis ein weißbejackter Steward mit einem blechern Gong herumlief und das Mittagessen verkündete. Am Tisch im Speisesaal führte ich mit einer dunkelrotgerösteten Dame reiferen Alters aus dem tiefsten Holstein eine Konversation, an die ich mich genauso wenig erinnere wie an die Mahlzeit selbst. Ich hätte über Seelenwanderung oder Grünkohlrezepte ebenso geredet, ohne hinzuhören – wie ich gefüllte Kuddeln oder Mehlsuppe gegessen hätte, ohne irgend etwas zu schmecken. Den Nachmittag verbrachte ich, da es draußen regnete («Der Jugo», sagten die Schiffsleute...), auf einem Sessel an der Bar, kritzelte ein dutzendmal oder öfter die Namen Ladicke, Zieroth, Jansen auf die Rückseiten kleiner Zettel, die ich mir vom Ober gebettelt hatte, malte mal um diesen Namen einen Kringel, mal neben jenem einen Stern, mal von diesem zu jenem eine Linie – und besprach die verschiedenen Kombinationen mit verschiedenen Partnern: Slivovitzgläsern, Biergläsern, Kaffeetassen und Zigarettenschachteln. Die Röst-Holsteinerin gesellte sich vorübergehend zu mir, aber ich schlug sie in die Flucht, indem ich ihr auf ihre Frage nach meinem Beruf «Leichenwäscher» antwortete.

Gegen Abend trafen wir in Rijeka ein. In den zwei Stunden bis zur Abfahrt des Zuges lief ich durch die sechs größeren Straßen der Stadt, zwischen grauen, bröckeligen Mietshäuserfassaden, und fand, daß es offenbar mehr Soldaten als Einwohner gäbe, besichtigte eine zweistökkige Kirche, die unten muffig roch und oben sehr schön war und von gebückten, hageren Mönchen betrieben wurde, und kaufte von einem zauberhaft dreckigen kleinen Jungen mit großen braunen Augen ein handtellergroßes, primitiv geschnitztes Eselchen für viel zuviel Geld. Ich wußte nicht, was ich mit dem Eselchen anfangen sollte, aber ich freute mich über das strahlende Gesicht des Jungen und tätschelte ihm den Kopf, worüber er so erschrocken war, daß er mich mit offenem Mund beinah ängstlich anstarrte.

Der Liegewagenzug war zum Glück nicht sehr voll. Ich bekam – mit Hilfe eines Trinkgelds für den Schaffner – ein unteres Bett in einem Abteil, in dem außer mir nur ein Studienratsehepaar reiste. Aber der Mann, Dr. phil., Germanist und Historiker – also Deutsch und Geschichte – füllte auch die drei freibleibenden Plätze des Abteils und einen großen Teil der Fahrzeit mit seinem Wissen, das er seiner Frau und mir bei jeder sich bietenden Gelegenheit mit erhobenem Zeigefinger zum besten gab.

Die Frau war's gewöhnt und sagte nur ergeben: «Ja, Klaus-Dieter» oder «Gewiß, Klaus-Dieter!» oder «Was du nicht sagst, Klaus-Dieter!»

Ich hörte sowieso nicht hin, tat aber, nach alter Schulübung, interessiert, während meine Gedanken wie die Sitze eines Kettenkarussells um Franziska kreisten. Trotzdem schlief ich gut. Gut zu schlafen ist – wie schon gesagt – eine meiner hervorragenden Charaktereigenschaften.

Ich erwachte in Würzburg. Vom Bett über mir hörte ich, daß diese Stadt im 7. Jahrhundert der Mittelpunkt eines von den Merowingern errichteten Herzogtums gewesen sei.

«Was du nicht sagst, Klaus-Dieter!» klang es aus dem Bett links oben.

Sechs Stunden später entrann ich der geballten Bildung, die bis Altona weiterfuhr.

Ich ging in das Lokal, in dem ich meistens esse, und bestelle mir irgend etwas Norddeutsches und dazu ein großes Bier.

«Tag, Herr Klipp», sagte der Kellner, und als er meinen Koffer sah: «Wollen Sie verreisen?»

«Nein», sagte ich, «ich komme gerade wieder!»

«Das kann aber keine große Reise gewesen sein», meinte er, «Sie haben doch noch vor ein paar Tagen ...»

«Ja», erwiderte ich, «so weit weg war's nicht...», obschon es mir vorkam, als hätte ich seit zwei Jahren nicht hier gesessen.

Das Essen war mittelmäßig, das Bier gut, der Korn – da bin ich Nationalist – war besser als alle harten Schnäpse Dalmatiens. Meine Laune glich der eines Seifenvertreters, der von einer Tour in die Firma zurückkehrt und sich darauf vorbereitet, dem Chef zu sagen: «Keine Abschlüsse!» Nur mit dem Unterschied, daß mich mit der «Handelsware» einige ganz persönliche Herzschläge verbanden.

Ich hatte Glück – soweit Aufschub Glück ist –, der Chef war nicht da. Er nahm irgendwo an irgendeiner Tagung teil. Frau Kiebitz, das ganze Gesicht ein Fragezeichen – aber ich gab keine Antwort – Frau Kiebitz also, die tüchtige, wies mich an den Vertreter des Chefs.

Das war ein kleiner, bulliger Mann mit ewig blauem Rasierschatten am viereckigen Kinn und mit einer Stimme, die wie ein irdener Blumentopf auf einer steinernen Fensterbank klang.

«Na, Klipp», knirschte er, ehe ich noch richtig was gesagt hatte, «das war wohl 'n Blindflug, was? Haben Ihnen die rosaroten Kollegen das Mäuschen vor der Falle weggeschnappt, wie? Aber daß Sie die junge Dame ausgerechnet zum Totstechen der Belastungszeugin alleinlassen – wo Sie doch sonst Tag und Nacht nicht von ihrer Seite gewichen sind, wie ich hörte...»

Wenn er nicht der Vertreter des Chefs, sondern zum Beispiel ein Hotelmanager gewesen wäre, hätte ich auch ihm jetzt eine hinter die Löffel gehauen – aber so... Ich sah dem Kringel nach, den er geraucht hatte und der sich jetzt, größer werdend, langsam auflöste – ich schwieg.

«Haben Sie denn wenigstens ein Geständnis von der Jansen? Ich meine, was den Mord an Ladicke anbetrifft?»

«Nein», sagte ich.

«Und wie ist Ihr Eindruck?»

«Gut», sagte ich, «sie macht einen guten, anständigen und vernünftigen Eindruck. Abgesehen davon, daß sie ein Motiv hätte, sowohl den Ladicke wie die Zieroth umzubringen, glaube ich nicht, daß sie es war. Sie ist so... so...»

«Schwärmen Sie nicht, Klipp!» knirschte der Stellvertreter des Chefs. «Der Chef hat gestern, ehe er losfuhr, angeordnet, daß Sie die Sache wieder übernehmen sollen, sobald Sie zurück sind. Ich habe das erst nicht kapiert nach dem Bericht...»

«Was für einen Bericht?» unterbrach ich.

«Ach so – ja... klar», grinste er, «das wissen Sie ja nicht. Interpol hat aus Split einen Bericht gekriegt und an uns weitergeschickt, ein Fernschreiben, zwanzig oder fünfundzwanzig Zeilen, aber das reicht. Die jugoslawischen Kollegen haben bei ihren Beobachtungen vor dem Mord an dieser Frau – Frau...»

«Zieroth», half ich.

«Zieroth», sagte er, «den deutschen Kollegen zunächst mal für ein Verhältnis der Dame Jansen gehalten, haha!»

«Jeder hat seine Methode», sagte ich trotzig.

«Sicher», sagte er, «und wenn sie erfolgreich ist, ist es piepe, welche Methode einer hat, aber so, Klipp – da handelt man sich nur Hohngelächter und vielleicht einen schicken Spitznamen ein, ‹Krimi-Juan› oder so was, haha! Das ist von mir, aber es kennt noch keiner ...»

Arschloch, dachte ich inbrünstig und sehnte mich ins Freie.

«Na schön», sagte er, plötzlich sauer, weil ich auf seine wunderhübschen Späße nicht reagierte, «na schön. Also Sie sollen den Fall Ladicke weiter bearbeiten! Feuerhack hat die Unterlagen.»

«Ich weiß», sagte ich, machte kehrt und verließ mit einem Geräusch das Zimmer, das «Wiedersehen!» oder «Idiot!» heißen oder auch nur ein Nieser sein konnte.

Bei Feuerhack wurde es noch schlimmer. Er kramte die Akte aus seinem Schubfach, klatschte den Ordner auf die Schreibtischplatte, daß der Staub flog, und sagte: «Na, hatten Sie 'ne gute Reise? Schönes Wetter?»

«Ja», erwiderte ich, «Sonnenschein auf Kosten des Steuerzahlers, blaues Meer und Pinien, falls Sie wissen, was Pinien sind.»

«Weiß ich», sagte er und glubschte mich mit seinen Bernhardineraugen von unten an, «es ist nicht jeder so dumm, wie er aussieht – aber auch nicht jeder so 'n guter Kriminalbeamter, wie er glaubt... Oder hatten Sie irgendeinen Erfolg, Herr Kollege?»

«Nein», gab ich zurück und schluckte die Pflaume, «Sie inzwischen?»

«Auch nicht», sagte er, «ich habe mich allerdings auch weniger engagiert wie Sie!»

«Als», korrigierte ich.

«Wie bitte?» fragte er.

«Es heißt ‹als›», sagte ich, betont freundlich, «... weniger als, Komparativ und so ...»

«Sie hätten mit der Jansen Schule spielen sollen», sagte er, biß die Spitze einer Zigarre ab und spuckte sie in den Papierkorb, «statt sie messerstechen zu lassen!»

Ich ging auf seinen Schreibtisch zu, stützte mich mit beiden Händen auf die Kante des staatlichen Gebrauchsmöbels und sagte ganz leise: «Ich will Ihnen mal was verraten, Feuerhack. Sie können mir den Buckel langrutschen – rauf und runter – wie eine Lawine ...»

«Lawinen rutschen bloß ...»

«Runter!» fiel ich ein. «Weiß ich – es ist nicht jeder so dumm, wie er aussieht! Mahlzeit!»

Und ich nahm die Akte – Mordfall Ladicke – und ging zur Tür und knallte sie nicht zu, sondern schloß sie hinter mir so behutsam, wie ich dem Kerl die Gurgel ... Hilfe! wohin fuhr der Ratterwagen meiner Gefühls-Berg-und-Tal-Bahn?

In meinem Zimmer, das nach konservierter Büroluft duftete, riß ich das Fenster auf, schaute fünf Minuten auf den glasigen Himmel, der in Hamburg Sommerhimmel heißt, und verlor so nach und nach die Lust, noch länger wütend zu sein.

Wut war das letzte, was mir in dieser Geschichte weiterhelfen würde. Aus dem Koffer holte ich den blutigen Taschentuchverband, der nach dem Haifischabenteuer um Franziskas Fuß und später in ihrem Papierkorb gewesen war. Ich brachte ihn hinunter ins Labor und bat den Kollegen von der Wissenschaft, mir schnell eine Analyse des Blutes zu machen.

«Schnell?» sagte er und blickte über den Brillenrand zur Uhr neben der Tür. Es war schon fast vier.

«Ich lasse eine Flasche Sekt springen!» sagte ich.

«Das ist Beamtenbestechung», lachte er, «außerdem mag ich keinen Sekt!»

«Also gut, Korn», sagte ich.

Er griente: «Ich trinke nur Mosel, und da bevorzuge ich Jahrgang dreiundfünfzig, etwa den Bernkastler Doktor – muß nicht unbedingt Trockenbeerenauslese sein ...»

«Sollen Sie haben», sagte ich ahnungslos.

«Seien Sie vorsichtig, Klipp», meinte er vergnügt, «da kostet die Flasche anderthalb Hunderter oder noch mehr!»

«Au!» rief ich und nahm mir vor, mal was über Weine zu lesen.

«In einer halben Stunde rufe ich Ihnen das Ergebnis durch», sagte er.

Ich bedankte mich, lief ein bißchen in den Büros rum, wo nette Kumpels saßen, traf die meisten nicht an, mußte bei den anderen kleine Sticheleien einstecken, denn meine Reise nach Jelsa und der Bericht aus Split waren wie ein Lauffeuer rundgegangen – und hörte dies und das interessante und dies und das weniger interessante Neue.

Nach achtundzwanzig Minuten war ich wieder im Labor.

«Ich habe Sie schon anzurufen versucht», sagte der Moselliebhaber im weißen Kittel, «ist das Taschentuch ein nachträglich gefundenes Beweisstück für den Fall Ladicke?»

«Wie kommen Sie darauf?» fragte ich.

«Ganz einfach», erklärte er, «weil's die Blutgruppe des Ermordeten ist. Dieselbe, die wir auch vorige Woche an der grauen Kostümjacke festgestellt haben.»

«Großartig!» rief ich. «Es ist nicht dieselbe!»

«Doch – gerade!» widersprach er verblüfft.

«Es ist die gleiche – Verzeihung –, aber nicht dieselbe ... und das beweist mir, daß ... ach, Sie sind ein Engel! Ich schenk Ihnen, glaub ich, doch eine Flasche – wie hieß der Saft?»

«Halten Sie die Luft an, Klipp», sagte der Chemiker und zog seinen Kittel aus, denn es war Feierabend für ihn. «Aber es freut mich, wenn ich Ihnen geholfen habe!»

«Schönen Dank!» sagte ich. «Und ich kriege es noch schriftlich, ja?»

«Automatisch», sagte er, «innerhalb achtunddreißig Stunden!»

Ich ging beschwingt in mein Zimmer, blätterte noch eine halbe Stunde in der Akte herum, stellte fest, daß Feuerhack sich kein Bein herausgerissen hatte – drei oberflächliche Vernehmungen im Kaufhaus in fünf Tagen – und machte mich auf den Weg, um mir die Damen anzusehen, deren Fotos in des toten Ladicke Brieftasche gewesen waren und deren Anschriften unsere Abteilungssekretärin säuberlich aus der Korrespondenz auf einen Zettel übertragen hatte.

Es waren zwölf Adressen, sieben davon – die von Franziska eingerechnet – in und nahe bei Hamburg.

Ich hatte mir, an Hand des Stadtplans, eine Reiseroute gemacht. Bei Heidi Wanderscheck – das war diejenige, die ihr Foto und ihre Briefe mit «Leda» unterschrieben hatte – fing ich an. Ich wollte das dicke Ende schon am Anfang hinter mich bringen.

Sie öffnete selbst auf mein Klingeln die Tür ihrer Wohnung in dem auf modern gemachten Mietshaus, das durch die Nüchternheit der Glas-Stahl-Beton-Architektur noch schäbiger wirkte als die schäbigen Mietskasernen der zwanziger Jahre, die wenigstens so dunkle Hausflure haben, daß man den Handwerkerpfusch nicht gleich sieht.

«Sie wünschen?» fragte sie.

«Kann ich Sie bitte einen Moment sprechen?» fragte ich.

«Ich kaufe nichts!» sagte sie.

Verflucht noch mal. «Ich will Ihnen nichts verkaufen», sagte ich sanft, «ich will Ihnen nur ein paar Fragen ...»

«Ach so», sagte sie und zog die Oberlippe hoch, «Sexualleben und so – nicht bei mir!» und wollte die Tür zuschlagen, aber da hatte ich schon den Fuß dazwischen.

«Hilfe!» rief sie. «Gehen Sie los, Sie! Ich hole die Polizei!»

«Nicht nötig», sagte ich und zeigte ihr im Türspalt meine Marke, «sie ist schon da!»

«Ach, du mein liebes Gottchen!» rief sie. Das war mal eine Variante. Statt «O Gott!» wie alle anderen Leute sagte sie bei meinem Auftritt «Liebes Gottchen!». Dieser niedliche Ausruf klang bei ihr besonders komisch, denn sie hatte so viel Äußeres, daß ich im Geiste den Zeiger der Personenwaage, in deren Nähe sie trat, schon vor Angst zittern sah.

«Worum geht's denn?» fragte Leda mit bangem Bibber in der Stimme.

«Wollen Sie mich nicht reinlassen?» fragte ich zurück.

«Ich weiß nicht recht ...» schniefte sie zögernd.

«Es handelt sich», sagte ich sehr laut, «um den Mordfall Ladicke! Sie sind mit dem ...»

«Kommen Sie rein!» rief Leda und zog mich am Ärmel in ihre Wohnung. Das Treppenhaus dröhnte noch von meiner Stimme.

«Das hätten Sie doch gleich sagen können!» sagte sie vorwurfsvoll und knipste in dem dunklen Flur das Licht an. Vier als Wachskerzen kostümierte Leuchter bestrahlten eine Tapete, auf der in vielen Sprachen «Willkommen!» stand, sogar in Latein: «Salve!»

«Wann waren Sie mit Alfred Ladicke befreundet?» fragte ich.

«Kommen Sie doch erst mal näher», sagte sie aufgeregt, ihr Busengebirge war in großer Bewegung. Sie öffnete eine Tür: «Bitte», sagte sie. Ich trat in ein Zimmer, in das ich schon siebenhundertvierunddreißigmal getreten bin: Sofa, zwei Sessel, hochglanzpolierter Tisch, Wohnzimmerschrank mit Messingleisten und geschliffenen Glasscheiben, Fernsehgerät (Rokoko) und eine Gebirgslandschaft in Öl über dem Sofa. Möbelbezüge bordeauxrot, Holz nußbraun, Tapete dreierlei grün mit goldenen Tupfen. Und das Bild bunt – sehr bunt.

«Also», wiederholte ich, «wann waren Sie mit Alfred Ladicke befreundet?»

«Ach», ächzte sie, wies auf den einen Sessel und plumpste in den anderen, «ach, wissen Sie – das ist schon so lange her...»

«Achteinhalb Monate», sagte ich, «jedenfalls ist Ihr letzter – Ihr letzter uns bekannter – Brief an ihn nicht älter, und da steht noch was von ewiger Liebe drin und so...»

«Ach, das wissen Sie alles?» fragte sie und schob, den Tränen nahe, ihre Unterlippe vor.

«Alles», log ich, «nur nicht, warum Sie ihn ermordet haben!»

Es war gemein von mir, aber diese dicke Spießer-Leda reizte mich zur Grobheit.

«Nein!» kreischte sie. «Aber nein! Das habe ich doch nicht...»

«Entschuldigung», sagte ich, weil sie mir plötzlich leid tat, «so meine ich das ja gar nicht. Aber Sie müssen die Wahrheit sagen, Fräulein Wanderscheck.»

Mit der milden Masche erreichte ich das, was ich damit hatte vermeiden wollen: sie heulte. Ihre ohnehin kleinen Augen verquollen zusehends zu rötlichen Schlitzen, die Bäche ihrer Wehleidigkeit schlängelten sich durchs Hügelland ihres Gesichts und tropften auf die rote Bluse, in die sie ihre Polster gezwängt hatte. Nach weiteren vier oder fünf Fragen, die sie mir einigermaßen vernünftig beantwortete, als sie sich beruhigt hatte, wußte ich, daß sie weder selbst eine Mörderin war noch irgendwelche wesentlichen Beiträge zur Aufklärung der Sache liefern konnte. Schön, sie bestätigte meine Vermutung: Ladicke hatte ihr 800 oder 900 Mark in bar abgenommen, auch eine Schneiderrechnung über 585 Mark 60 hatte sie für ihn bezahlt und meistens die Zeche, wenn sie mal ausgegangen waren. Auch von heiraten war die Rede gewesen... aber gehaßt, so gehaßt hatte sie ihn nicht, daß sie ihn umgebracht hätte.

Außerdem war da eines Tages ein gewisser Willi aufgetaucht, ein Zimmermann aus dem Hannoverschen – ich mußte mir sein Bild betrachten, das die Leda dem Wohnzimmerschrank entnahm –, ja, und das war eben doch was Reelles. Verlobt waren sie seit drei Monaten auch schon und Weihnachten sollte Hochzeit sein.

«Übrigens», und jetzt guckte sie wieder ganz ängstlich, «es kann sein, daß er gleich kommt – vielleicht, wenn ich Sie bitte, Herr Kommissar, daß Sie dann nichts wegen Alfred sagen ...»

Ich ging schnell. Vor dem Hause traf ich Willi, den Zimmermann, der eher einem Bullen als einem Schwan glich und nicht so aussah, als ob er sich unter einer Leda viel vorstellen könnte.

Die zwei anderen Besuche, die ich an diesem Abend noch schaffte, verliefen – wenn natürlich auch mit Abweichungen, also zum Beispiel ohne Zimmermänner – im Prinzip ganz ähnlich. Die geringen Abweichungen bestanden darin, daß die eine der Damen, Foto und Brief hatte sie mit «Schnucki» unterzeichnet, mich von ihren Qualitäten und von den Schrecknissen der Einsamkeit dadurch zu überzeugen und abzuhalten versuchte, daß sie mich einlud, die Nacht in ihrer Nähe zu verbringen – während die andere vorschlug, die Karten zu befragen, wer wohl Ladicke umgebracht habe.

Eine vierte, die ich noch aufsuchen wollte, traf ich nicht an. Das Schild an der Tür ihrer Wohnung lautete auch auf einen Namen, der nicht auf meiner Liste stand. Die Flurnachbarin, die verblüffende Ähnlichkeit mit einem Huhn hatte – sie legte auch den Kopf so schief, wenn sie mich ansah –, wußte zu berichten, daß die Wohnungsinhaber mit dem Kind in Urlaub bei den Schwiegereltern in der Nähe von Kassel wären. Ja, sie kannte auch den Mädchennamen der Frau. Das war der Name auf meiner Liste, der Name aus Ladickes Korrespondenz war schon sechzehn Monate alt, die Ehe war zwölf Monate alt, verreist war das junge Paar seit vierzehn Tagen. Strich durch. Erledigt.

Es war halb zehn, als ich in meine Wohnung kam. Der gute Bürger in mir fand es wunderbar, daß hier alles so schön in Ordnung war. Mein braver Putzgeist, den ich telefonisch von meiner Rückkehr verständigt hatte, hatte aufgeräumt, staubgewischt und die sieben Blumentöpfe mit Wasser versorgt. Im Kühlfach der Kochnische waren Eier, frische Butter, meine geliebte Knoblauchwurst, Käse, zwei Näpfchen Salat, drei herrlich kühle Flaschen Bier, eine bereifte Flasche Korn.

Ich machte mir ein richtiges Abendbrot, stellte, weil ich so ungern allein esse, dem Gedeck gegenüber meinen Rasierspiegel auf und prostete mir zu und war eigentlich sehr viel besserer Laune, als am Abend zuvor im Liegewagen.

Die Blutgruppengeschichte kam mir wie ein Stein im Bett eines reißenden Flusses vor. Ich brauchte noch drei, vier solcher Steine, um ans andere Ufer – Beweis von Franziskas Schuldlosigkeit – zu gelangen.

Wenn ich nach der fünften Scheibe Brot, nach dem dritten Ei, der zweiten Flasche Bier und dem vierten Korn geahnt hätte, daß ich am Vormittag des nächsten Tages schon einen weiteren Stein für das Flußbett finden würde, dann hätte ich gewiß noch besser geschlafen, als ich ohnedies schon schlief.

Am Vormittag des nächsten Tages fuhr ich zunächst mal ins Kaufhaus Weinheimer.

«Schrecklich», sagte Personalchef Dr. Tüter, als ich zu ihm kam, «wer hätte das gedacht, nicht wahr? – Daß man sich so im Menschen täuschen kann! – Ich hätte für Fräulein Jansen beide Hände ins Feuer gelegt...»

«Okay, Herr Doktor», sagte ich, «aber Menschenkenntnis ist sowieso nicht so einfach...»

Strackmeier senior, der Boss des Unternehmens, trat herein. Meine Anwesenheit war ihm sicher vom Pförtner gemeldet worden. So was klappte ja hier prima.

«Guten Tag, lieber Herr Klipp!» tönte er und streckte mir seine feuchte Rechte mit dem pflaumengroßen Brillanten entgegen. «Was gibt's denn Neues?», und ohne meine Antwort abzuwarten: «Das ist doch aber eine entsetzliche Angelegenheit! Sie sollten mal die Presse sehen! Ich weiß gar nicht, ob wir auf die Dauer den Namen unseres Hauses da heraushalten können... Andeutungen sind in einigen Blättern schon gemacht worden... Ich bin völlig...»

Ich wartete nicht ab, von ihm zu hören, was er «völlig» war, sondern fragte: «Ist Ihnen irgendwas über die außerdienstlichen Verhältnisse des Ehepaares Zieroth bekannt – oder wem könnte da was drüber bekannt sein?»

«Ich weiß nicht», Strackmeier hob die Schultern, «bei dreihundertzweiundvierzig Angestellten... Sie müssen verstehen, da kann man nicht alles...»

«Und Sie?» Ich sah den rotgesichtigen Tüter an.

Be... bedaure», sagte der kopfschüttelnd und warf seinem Brötchengeber einen Blick zu, den ein verprügelter Hund nicht besser gekonnt hätte.

«Tja, dann muß ich mich – Ihre gütige Erlaubnis vorausgesetzt – noch mal ein bißchen im Hause umsehen», verkündete ich und machte einen strammen Diener, ehe ich aus der Tür ging.

Stramme Abgänge sind immer gut, ganz gleich, ob man unsicher oder voll Verachtung abgeht.

Ich ging zur Abteilung B, in der Zieroth Assistent gewesen war. Diese Abteilung, hatte ich erfahren, war für den gesamten Lebensmittelverkauf zuständig, vom eingewickelten Hustenbonbon im Kiosk neben dem Eingang bis zum Brathuhn in der riesigen Selbstbedienungsetage.

Der Abteilungsleiter, zu dem ich mich durchfragte, hieß sinnigerweise Koch, war gelernter Bäcker und sah aus wie ein Fleischer.

«Nehmen Sie Platz, Kommissar!» sagte er und rieb sich fast genüßlich die Hände über seiner Schreibtischplatte. «Was kann ich für Sie tun?»

«Erzählen Sie mir, wie und wann Sie von dem Mord an Ladicke erfahren haben – und vielleicht auch von dem Mord an Frau Zieroth, bitte –, und sagen Sie mir, was Sie von alldem für einen Eindruck haben...»

«Warum ausgerechnet ich?» wollte er wissen.

«Sie kannten Ladicke – er war quasi Ihr Kollege. Sie kennen Zieroth – der ist Ihr Assistent, wenn ich recht orientiert bin; Sie kannten Frau Zieroth – oder?»

«Ja», er nickte, «sie hat auch mal hier gearbeitet. Früher...» Er dachte nach, zündete sich eine schwarze Zigarre an, die in seinem rundherum hellblonden und rosanen Gesicht noch schwärzer wirkte, und sagte schließlich: «Man soll ja immer ganz ehrlich sein, nicht?»

Ich stimmte ihm zu, gespannt, was da wohl noch kommen würde.

«Tjä», fuhr er fort, «als ich vorgestern von dem schrecklichen Ende der Frau Zieroth erfuhr, da habe ich als erstes gedacht: siehste! – denn ich bin... nu lachen Sie mich aber nicht aus, Herr Kommissar... ich bin ziemlich abergläubisch. Als vorigen Montag die Sache mit Ladicke entdeckt worden war, da kam Zieroth, müssen Sie wissen – so... na ja, beinah schadenfroh und erzählte es. Da hab ich noch gedacht: Sei du man vorsichtig, Zieroth, hab ich gedacht, solche Sachen, da soll man nicht so drüber reden. Auch nicht, wenn man den Toten vielleicht gehaßt hat oder was weiß ich, na ja, und dann...»

«Moment», fiel ich ein, «kleinen Moment mal, Herr Koch – hat Zieroth Ladicke denn gehaßt?»

«Tjä», sagte der Koch-Bäcker-Fleischer treuherzig, «Hund und Katze sind Turteltauben gegen die zwei... ich meine, es ist nie zu Tätlichkeiten gekommen oder so... Aber der Zieroth hatte auf den Ladicke einen solchen Rochus, Sie... das war nicht mehr feierlich!»

«Und warum?» fragte ich.

«Irgendwas war mal mit der Frau gewesen, mit der Frau Zieroth und Ladicke – aber ich weiß nichts Genaues, na und außerdem ist Zieroth sowieso auf jeden sauer, der einen Job hat, wie er sich einen wünscht...»

«Auch auf Sie, Herr Koch?»

«Möglich», sagte Koch mit einer gleichgültig-abwinkenden Handbewegung, «aber ich komm schon mit ihm zurecht; tüchtig ist er, da beißt die Maus keinen Faden ab, Herr Kommissar.»

«Ja», sagte ich und stand langsam auf, «sehr tüchtig, das glaube ich.»

## 8

Die Tüchtigkeit des Herrn Zieroth kostete mich noch eine ganze Reihe von Stunden voll Lauferei und Fragerei. Und das alles brachte ein so mageres Ergebnis, daß ich am späten Mittag ziemlich kleingedreht im Erfrischungsraum des Kaufhauses Weinheimer saß, an einem gebackenen Tiefkühl-Rotbarschfilet kaute, das nach Buchbinderpappe schmeckte, und mir vorkam wie eine Maus in einem Eimer.

Der Eimer, in den ich gefallen war, und in dem ich und meine Gedanken im Kreise herumliefen, bestand aus Warenhausdunst und kleinen Angestellten-Intrigen und schmuddeligen, heimlichen, halbherzigen Poussagen in engen Büros und aus spießigem Ehrgeiz und spießiger Eifersucht.

Ich war so weit, daß ich beinahe die Stiche mit Schere und Messer als erfrischende Handlungen in all dem kleinkarierten Mief empfand – soweit war ich.

Nicht einmal für den wirklich hübschen, satinumspannten Popo des Mädchens, das mir den Kaffee brachte, hatte ich mehr als nur einen flüchtigen, gedankenlosen Blick – soweit war ich!

Um andere Luft zu schnappen – von frischer kann ja mitten in der Großstadt sowieso nicht die Rede sein –, verließ ich nach dem Kaffee das Reich des Herrn Strackmeier und lief ein paar Straßenzüge weit zum Reisebüro *Intertour*, wo Franziska Jansen ihre diesjährige Urlaubsreise gebucht hatte. Im Schaufenster neben dem Eingang prangte ein Plakat: «Sonnige Tage in Dalmatien.»

Ein braungebrannter, sonniger Bursche war darauf, der seine wunderschöne, schmalhüftige, breitschultrige Athletenfigur lässig auf felsiges Mittelmeerufer lagerte und einem Mädchen zuwinkte – einem sonnigen Mädchen natürlich –, das, den Musterbusen von ultramarinblauen Wellen umplätschert, so umwerfend sonnig lächelte, als sei es kurz vor dem Hitzschlag.

Plakatkünstler und die dazugehörigen Auftraggeber sind für mich eine Menschensorte, die ich maßlos bewundere. Es muß eine besondere Portion Dickfelligkeit dazu gehören, die Umwelt immer wieder aufs Simpelste an der Nase herumzuführen, ohne mit der Zeit in Schlaflosigkeit oder milden – sonnigen – Irrsinn zu verfallen. Das nebenbei.

Zum Glück war es in der *Intertour*-Filiale schön kühl, und das Mädchen hinter dem Tresen hatte so nette dunkelbraune Kulleraugen, daß sich meine Mißstimmung fix verflüchtigte.

«Ich wollte Sie bitten, mich zu beraten», sagte ich zu dem Mädchen.

«Bitte, gern!» erwiderte es mit dem stereotypen Verkäuferinnenlächeln, das man lernen muß, ehe man Schmierseife, Buttercremeschnitten, Kunstdrucke oder Urlaubsreisen verkauft... und zwar muß man das so gut lernen, daß es erfolgreich vertuscht, wie unbeteiligt man an Käufer und Ware innerlich eigentlich ist und bleibt.

«Wollen Sie in diesem Jahr noch...?» fragte das perfekt lächelnde Mädchen.

«Ja», sagte ich, «am liebsten schon nächste Woche. Geht das?»

«Es geht alles», teilte mir Rehäuglein mit, was ich im stillen bezweifelte.

Es käme nur darauf an, hörte ich, was ich mir ungefähr vorstellte.

«Sie können für zehntausend oder auch noch mehr Mark morgen eine Flugreise um die Welt antreten. Sie können aber auch für zweihundert

Mark vierzehn Tage in die Lüneburger Heide fahren. Kurtaxe inbegriffen. Beides ist möglich – und beides ist Urlaub ... sozusagen ...» verkündete das hübsche Kind ernsthaft.

«Hm», machte ich und strich mir nachdenklich das Kinn, als ob ich erwöge, das eine oder das andere zu tun. «Und wohin fahren Sie zum Beispiel, wenn ich fragen darf?»

Das Mädchen errötete, worüber ich richtig erschrak – denn welche Mädchen erröten heutzutage noch. Das ist so selten geworden wie Pferdedroschken, Zivilcourage oder Zylinderhüte.

«Nach Venedig», sagte das Mädchen verlegen, «– aber erst Ende September ...»

Ich kombinierte Reiseziel und Erröten und schloß daraus, daß mein reizendes Gegenüber – oder sein Partner – aus konservativem Hause kam.

«Ach so», sagte ich, «das ist ja natürlich was anderes: Hochzeitsreise ... Alles Gute im voraus!»

Das Mädchen lächelte jetzt aufrichtig und war damit plötzlich richtig aufregend.

«Danke», sagte es.

«Aber was soll ich entsetzlich einsamer Junggeselle allein in Venedig? – Süden wäre schon gut ... Was meinen Sie?»

«Ja», sagte die junge Braut, «wenn Sie allein fahren wollen, ist das schon gut. Aber es macht die Sache ein bißchen schwieriger. Denn Einzelzimmer – also da müßte ich mal sehen, ob wir da so kurzfristig ...»

«Eine Kollegin von mir ist in Jugoslawien», sagte ich. «Auf einer Insel an der Adria. Die hat aber auch ein Einzelzimmer. Hvar heißt die Insel – oder so ähnlich. Das soll sehr hübsch dort sein.»

«Augenblick mal, bitte», sagte das Mädchen, holte aus einem Regal im Hintergrund des Raums ein dickes Buch und blätterte darin.

Ich dachte an Hvar und Jelsa unter dem grauen Himmel, sah die nassen Steine in der Nacht und den kaputten Scheibenwischer an Stepanovics Auto – und ich dachte an Franziska, die in Split oder inzwischen sonstwo im Gefängnis saß. Was mochte sie jetzt tun? Wurde sie gerade verhört? Unterschrieb sie – am Ende ihrer Widerstandskraft – gerade ein falsches Geständnis? Hatten sie ihr den Haifischzahn gelassen?

«Hvar», sagte das konservative Mädchen und drehte das dicke Buch herum, so daß ich die Fotos sehen konnte. «Wann wollen Sie denn fahren?»

«Sobald als möglich», erwiderte ich.

«Noch einen Augenblick, bitte!» Das Mädchen nahm das dicke Buch und schleppte es zu einem Herrn mit goldgerandeter Brille, der an einem Schreibtisch saß und telefonierte. Er gehörte zur Klasse der Alterslosen. Es war nicht mit Sicherheit zu sagen, ob er achtundzwanzig oder dreiundvierzig war. Sein Anzug, seine Krawatte, sein Haarschnitt – nicht einmal sein Gesicht ließen irgendwelche Rückschlüsse zu.

Es schien jemand Bedeutendes zu sein, mit dem er telefonierte. Er machte ein sehr ernstes Gesicht, nickte immerzu, verbeugte sich sogar vor dem Telefon und rief: «Gewiß!» und «Wird erledigt!» und «Selbstverständlich noch heute!» – und so was.

Das Mädchen stand – keines Blickes gewürdigt – mit dem dicken Buch vor ihm und wartete geduldig.

Neben mir am Tresen kämpfte eine andere Reisebüro-Angestellte mit einem älteren Ehepaar. Der Mann wollte ins Gebirge – die Frau an die See. Es ging darum, einen Kompromiß zu finden, der den Ehefrieden gewährleistete und außerdem einige Erholung.

An der Wand waren viele Plakate. Wohin man überall fahren konnte! Indien – du liebe Güte: Indien! Dahin möchte ich wohl auch noch mal! – Mexiko! Eine sonnige Mestizin lud ein, dorthin zu kommen. – «Neue Kraft gibt Bad XY!» – Und Möwen, Tannen, Brunnen, Burgen, Schiffe, Flugzeuge – und immer wieder halb- bis fünfsechstelnackte sonnige Damen in allen Farben.

Die Hochzeitsreisende kam zurück. Der Herr ohne Alter begleitete sie. Er hatte noch die Schweißperlen vom Telefongespräch mit Sankt Petrus oder einen anderen hohen Würdenträger auf der Oberlippe.

Aber er war auch zu mir sehr nett. Etwas von oben, klar, denn er stand ja *hinter* der Barriere ... aber ganz menschlich, das muß gerechterweise gesagt sein. Ich kann dieses Reisebüro also allen empfehlen. Man ist dort sehr nett zu einem.

Er murmelte seinen Namen. Ich murmelte meinen Namen. Wir wußten nun beide nicht, wie der andere hieß.

«Hvar?» fragte er.

«Vielleicht!» sagte ich.

«Wir haben in Jelsa – das ist ein Ort auf der Insel», erläuterte er, «noch vor zehn Tagen eine Schnellbuchung gelandet. Innerhalb fünf Tagen wollten die Herrschaften reisen. Das war nicht so einfach. Um diese Jahreszeit, wissen Sie, sind gerade im Süden die Hotels meist völlig ausverkauft. Aber es hat geklappt. Nur – ob ich ein Einzelzimmer ...?» Er wiegte bedenklich sein Haupt, schloß dabei die Augen und zog die Augenbrauen nach oben.

«War das zufällig ein Ehepaar Zieroth?» fragte ich auf gut Glück – selbst noch ungläubig, denn soviel Dusel gab's gar nicht.

«Zieroth?» fragte er zurück.

«Die Herrschaften – von denen Sie schon sprachen!»

«Ja – ich glaube, ja», erwiderte er erstaunt. «Zieroth ... ja! Kennen Sie sie?»

Ich nickte hocherfreut. «So ein Zufall!» rief ich. «Und Zieroths haben erst vor zehn Tagen gebucht, sagen Sie? Dann müßten sie ja jetzt dort sein, nicht wahr?»

«Also wenn ich Ihnen damit einen Gefallen tun kann», sagte der Schwitzende, «sehe ich es gleich mal genau nach!»

«Bitte!» bat ich.

Er holte einen Ordner, in dem Durchschriften aufbewahrt waren, blätterte, las, blätterte. «Hier!» sagte er. «Ja, das war vor genau zehn Tagen. Herr und Frau Zieroth. Sie bestanden auf Jelsa. Nichts anderes kam in Frage. Eigentlich – jetzt erinnere ich mich – wollten sie sogar ein bestimmtes Hotel... Venezia, wenn ich nicht irre. Aber das klappte nicht mehr. Wir haben dann noch fast dreißig Mark vertelefoniert und die Herrschaften im Hotel Metropol unterbringen können. Ja, sie sind jetzt dort. Nur zehn Tage wollten sie bleiben. Das ist ja ein bißchen kurz für den Aufwand und die Fahrzeit hin und zurück, wenn ich mir eine Bemerkung erlauben darf... aber na. Es hat jedenfalls geklappt. – Soll ich für Sie...?»

«Ich laß es mir durch den Kopf gehen!» sagte ich. «Das wäre schon ganz hübsch. Ich rufe an oder komme wieder vorbei. In den nächsten Tagen. Erst mal schönen Dank!»

«Bitte», sagten beide gleichzeitig – mit leiser, aber unverhohlener Enttäuschung.

Ich ging.

Aus den Personalakten der Zieroths wußte ich ihre Wohnung und ich fuhr dahin, um – ja eigentlich ohne feste Absicht. Einfach bloß so, aus Neugierde.

Meine heimliche Hoffnung auf weitere glückliche Zufälle erwies sich allerdings als trügerisch.

Es gab keine Nachbarin, die mir mit aufgeregtem Zwinkern und hinter vorgehaltener Hand von lautstarken Intimitäten und Ehekrachs der Zieroths berichtet hätte. Ich fand nichts. Ich erfuhr nichts.

Die Wohnung, in einer hübschen Gegend mit Aussicht auf einige Quadratmeter Grün, war verschlossen. Durch den Briefkastenschlitz an der Tür sah ich im dämmerigen Flur einen Haufen Zeitungen auf dem Läufer liegen. Die Jalousetten an der Sonnenseite waren herabgelassen. Eine vergessene kleine Aralie starb auf dem einen Fensterbrett.

In der Wohnung nebenan rührte sich niemand, als ich klingelte. Aus der Wohnung obendrüber erscholl heftiges Schallplattengeräusch. «The Rolling Stones» oder «The Grazy Angels» oder «Big Pepper and the Crying Seven» oder wie diese Zusammenrottung cleverer Lärmmacher heißen mochte, kreischten irgendwas Undefinierbares.

Ich bin zu alt, um dabei in Ekstase zu geraten. Also klingelte ich. Das Klingelgeräusch ging in dem Radau hinter der Wohnungstür unter wie eine Träne in der Elbe.

Ich wiederholte den Versuch mit Nachdruck.

Ein Mädchenjunge oder Jungenmädchen öffnete. Der Lärm wurde atemberaubend.

«Was gibt's?» rief er sie es. Der Stimme nach neigte ich dazu, das Wesen eher für männlich – oder auf dem Wege zur Männlichkeit – zu halten.

«Wissen Sie zufällig», schrie ich, «ob das Ehepaar unter Ihnen verreist ist?»

«Nee», rief das Wesen und sah mich, glaub ich, durch die Haare hindurch an. «Kenn ich überhaupt nich!»

«Danke!» schrie ich. Tür zu. Erholung fürs Gehör.

Auf der anderen Seite öffnete eine magere Frau mit einem Kleinkind auf der Hüfte. Sie wußte aus der Zeitung, daß die Frau Zieroth im Urlaub in Jugoslawien ermordet worden war. «Gräßlich, nicht?» sagte sie und zog die Nase kraus. «Der arme Mann!»

«Kennen Sie ihn näher?» wollte ich wissen.

«Wo denken Sie hin!» sagte sie empört. «Der ist zehn Jahre jünger als ich.»

So hatte ich's gar nicht gemeint.

«Entschuldigung!» sagte ich und verzog mich.

Ich fuhr ins Büro. Es war inzwischen nach fünf Uhr. Meine fleißigen Kollegen hatten ihre Arbeitsplätze schon verlassen. Nur im Diebstahlsdezernat wurde noch ein halbes Dutzend Pennäler vernommen, die dabei erwischt worden waren, wie sie das Wort «Selbstbedienung» in einem Lebensmittelgeschäft wörtlich nahmen.

Auf meinem Schreibtisch lag ein Zettel: «Herr Hebelau, Weltring-Versicherung, Rufnummer 34 21 92, Apparat 210, erbittet Anruf bis 17 Uhr 30 oder morgen früh nach neun! In Sachen Jansen–Zieroth.»

Fünf Minuten vor halb sechs. Ich setzte mich, zündete mir eine Zigarette an, wählte die Nummer und verlangte von einer Dame, die mit melodiöser Stimme «Weltringgutentaaag!» sang, den Apparat 210. Es knackte. Dann hatte ich Herrn Hebelau. «Hebelau!» Auch kein reines Adelsprädikat, der Name.

«Kriminalpolizei, Mordkommission, Klipp!» sagte ich. Es war direkt zu hören, wie er bei dem Wort «Mordkommission» zusammenzuckte. «Sie wollten mich sprechen?»

«Ja», sagte er, «vielen Dank für den Anruf. Wir haben von dem – äh – tragischen Fall erfahren, der sich da in – äh – Jugoslawien ereignet hat.»

Pause.

«Ja . . . und?» fragte ich.

«Darf ich Ihnen dazu wohl ein paar – äh – Fragen stellen?»

«Warum?» Mir sind Leute unsympathisch, die immerzu Ähs in ihre Rede flechten. Sollen sie doch fließend zu sprechen üben, verdammt noch mal!

«Ja», meinte Herr Hebelau, «die Zieroths sind bei uns Versicherungsnehmer . . . und wir sind natürlich an den – äh – Umständen interessiert, die . . .»

«Das glaub ich», sagte ich. «Um was für eine Versicherung handelt es sich denn? Kranken-, Reise-, Unfall-, Haftpflicht . . .?»

«Wenn Sie erlauben», äußerte der Herr Hebelau zurückhaltend, «würde ich darüber lieber mit Ihnen – äh – persönlich, Herr Kommissar. Wir geben erstens – äh – grundsätzlich nicht sehr gern Auskunft telefonisch und –»

«Moment mal», unterbrach ich. «Ich will ja keine Auskunft von Ihnen, werter Herr. Sie wollen doch eine von mir, wenn mich nicht alles täuscht – oder? Und ich gebe erst recht keine telefonisch. Das ist sogar verboten in meiner Branche ... Wiederhören!» Und damit schmiß ich den Hörer auf die Gabel.

Ich war schlecht in Form an diesem Spätnachmittag. Sonst hätte ich gleich geschaltet und wäre sofort wach geworden, als das Wort «Versicherungsnehmer» fiel. Aber man hat so Tage, an denen sieht man den Wald vor Bäumen nicht, weil man sich auf Gänseblümchen kapriziert hat.

Zum Glück war die Weltring-Gesellschaft hartnäckig, weil für sie Geld auf dem Spiele stand.

Versicherungen, die zahlen sollen, entwickeln eine Geschäftigkeit im Erfinden von Schwierigkeiten, die höchstens mit dem Eifer von Maurern verglichen werden kann, wenn es darum geht, volle Bierkästen zum Richtfest zu schleppen.

Aus diesem Grunde klingelte nach drei Minuten mein Telefon. Herr Hebelau.

«Entschuldigen Sie vielmals, Herr Kommissar Klipp, ich habe mich da soeben – äh – mißverständlich ausgedrückt. Bitte lassen Sie uns doch in aller Ruhe ... Darf ich zu Ihnen kommen?»

«Wo sitzen Sie?» fragte ich.

Er nannte die Straße, in der die Weltring-Zentrale ihren Palast hatte. Es war ungefähr in der Richtung meiner Wohnung.

«Ich bin in einer Viertelstunde bei Ihnen!» sagte ich.

«Vielen Dank!» sagte er erleichtert.

Dem Umfang und der Ausstattung seines Büros nach – vom Äußeren der schnuckeligen Vorzimmerdame ganz zu schweigen – war Herr Hebelau ein ziemlich großes Tier bei der Versicherung.

Er hatte einen Teppich noch über dem Spannvelour, eine Sitzgruppe aus schwarzem Leder, einen Mahagonischreibtisch, ein silbergraues Telefon mit Mithöranlage und sogar einen Philodendron. Im übrigen war er nicht so unsympathisch, wie er am Telefon vorhin geklungen hatte – nur dieses verflixte «Äh» machte mich nervös.

Aber der Cognac, den er mir anbot, stimmte mich freundlicher. Es war ein wundervoller Cognac. Offenbar gut abgelagert, aus der Gegend Frankreichs, wohin ich auch noch mal möchte.

Die Mitteilung aber, die Herr Hebelau mir machte, elektrisierte mich geradezu, obschon ich – es war inzwischen fast sechs Uhr – nicht für fünf Pfennig verpflichtet war, noch elektrisiert zu sein, denn ich hatte theoretisch dienstfrei.

«Der Herr Zieroth», sagte Hebelau nämlich, «hat vor beinahe genau vier Monaten eine Lebensversicherung – oder richtiger: zwei Lebensversicherungen – bei uns abgeschlossen.»

«Soso», sagte ich. «Und warum, bitte, interessiert Sie dann der Tod seiner Frau?»

«Für die Frau ist doch die zweite», sagte Hebelau, etwas mitleidig, wie es schien, weil ich so entsetzlich langsam von Begriff war.

«Beide Versicherungen», fuhr er fort, «lauten auf je fünfundsiebzigtausend – im Falle eines Unfalls das Doppelte. Wir sind also jetzt – äh – verpflichtet, Herrn Zieroth einhundertfünfzigtausend Mark auszuzahlen, denn Mord läuft bei uns unter der Rubrik Unfall.»

«Donnerwetter», sagte ich, weil mir ganz plötzlich ein Kronleuchter aufging. «Donnerwetter, ja!»

Am nächsten Morgen war ich als einer der ersten im Präsidium. Ich kam so früh, weil ich wußte, daß der Chef heute von seiner Tagung zurück sein würde. Frau Kiebitz war auch schon da. Natürlich. – Solche Sekretärinnen-Perlen kommen sogar eine halbe Stunde *vor* Dienstbeginn, um auf dem Schreibtisch ihres Privatherrgotts frische Blumen zu arrangieren oder ihm Zettelchen hinzulegen: «Rosenboom, Abteilung IV, heute 50. Geburtstag!» und um ähnliche menschliche Dinge zu tun.

«Guten Morgen, liebe Frau Kiebitz!» rief ich, gutrasiert, großartig ausgeschlafen und fein gefrühstückt habend – und mit einer «Beinahe-Lösung» des Falles Franziska Jansen im Kopf. Wieso allerdings Ladicke erstochen wurde... da hinkte meine Kombination wie ein Fußballnationalspieler vor der Fernsehkamera.

«So vergnügt?» fragte Frau Kiebitz, nahm flugs die Brille ab und strich sich das Haar zurecht. «Haben Sie was Neues?»

«Ja», sagte ich, «allerlei! Und ich muß bitte den Chef sprechen. Sofort wenn er kommt und zehn Minuten Zeit hat, Kiebitzchen! Machen Sie mir eine Audienz, und ich werde auf dem nächsten Betriebsausflug alle langsamen und jeden zweiten schnellen Walzer mit Ihnen tanzen!»

«Sie sind auch kein bißchen eingebildet, Leo Klipp!» sagte sie lächelnd – schlug aber schon den Kalenderblock auf. «Halb neun, aber nur eine Viertelstunde! Wenn was dazwischenkommt, ruf ich Sie noch an. Später geht's nicht mehr...»

«Danke», sagte ich, «Sie sind ein Engelskind!»

«Unfug!» lachte sie. «Engel haben keine Kinder!»

«Warum», fragte ich, «dürfen die nicht oder können die nicht?»

«Raus!» sagte sie.

Sie rief nicht mehr an, also saß ich halb neun dem Chef gegenüber und erzählte meine Geschichte. Als ich fertig war, blieb er drei Minuten still sitzen und spielte nachdenklich mit seiner Krawatte. Schließlich sagte er: «Das sind alles wunderhübsche Vermutungen, Herr Klipp. Wunderhübsch – aber arg wacklig, finden Sie nicht? Und – na, das wissen Sie selbst – nicht eine davon hat so viel Beweiskraft, daß ein Richter auch nur den Talar anziehen würde.»

Ich wußte es selbst. Alles hatte gestern abend viel stichhaltiger ausgesehen als jetzt, da ich es einem Fachmann erzählte. «Ja», sagte ich. Dann holte ich tief Luft und fuhr fort: «Deshalb wäre es gut, wenn ich noch mal nach Split und Jelsa könnte. Ich hätte ja jetzt viel mehr Material – viel gezieltere Fragen an Fräulein Jansen sowohl wie auch an Zieroth, nicht wahr?»

«War das schön dort?» fragte der Chef.

«Wie man's nimmt», erwiderte ich. «Erst war's heiß, dann war's schwül, aber grau und naß. Und vieles war so – so – ich weiß nicht!»

«Wie ist die Jansen?» fragte er.

«Sehr nett», sagte ich, ohne zu zögern. «Ein sehr nettes, kluges und – hübsches Mädchen.»

«Und Zieroth?»

«Ja... ein Durchschnittsmann. Solche laufen zu Hunderttausenden rum. Mittelgroß, mittelblond, mittelschlank – mit grauen Augen, grauer Haut und grauem Anzug. Das einzig Besondere an ihm ist – oder war – seine Frau.»

«Interessante Frau?» wollte er wissen.

«Nein – aber sehr dekorativ... und – wie Fliegenleim für die Männer.»

Er schwieg wieder.

Ich wartete.

«Hinzufahren brauchen Sie nicht», sagte er endlich, «wir haben die zwei Hauptfiguren heute abend hier.»

Das kam so beiläufig, daß ich verwirrt nachfragte: «Hier? Wen?»

«Die Jansen wird von den jugoslawischen Behörden abgeschoben. Man will dort keinen Mordprozeß abspulen, in dem es sich um eine quasi ‹innerdeutsche Auseinandersetzung› handelt. Das schadet dem Ruf des Touristenlandes. Sie soll also hier zunächst wegen des Mordes an Ladicke vor Gericht.»

«Hat sie denn gestanden?»

«Nein – das heißt, ich weiß nichts davon. Sie wird heute – jetzt – in Kufstein von unseren Leuten übernommen und wird gegen halb elf heute abend hier sein. Im gleichen Zug – so steht's in dem Fernschreiben, das ich aus Belgrad vorhin erhalten habe – befindet sich Zieroth. Allerdings als Reisender, nicht unter Bewachung. Vielleicht übernehmen Sie seine Beschattung mal für drei, vier Tage, was meinen Sie? Festsetzen können wir ihn nicht, nur weil er Lebensversicherungen abgeschlossen hat. Da säße ich auch.»

«Jawohl», sagte ich.

Es nieselte, als ich am Abend zum Bahnhof fuhr.

Eigentlich liebe ich Bahnhöfe. Ich gebe zu, daß ich manchmal hingehe und mir die großen Züge ansehe, die von weit her kommen oder nach weit weg fahren, und die Menschen beobachte, die sich begrüßen oder verabschieden: Die Sentimentalen, die Hysterischen, die Kühlen, die Gleichgültigen, die Aufgeregten, die Abgebrühten, die Sehnsüchtigen, die Verliebten ... tausend verschiedene Gesichter und Stimmen. Und dazwischen die Stimmen aus den dröhnenden, schlecht zu verstehenden Lautsprechern, mit Namen, die mich ganz verrückt machen vor Fernweh: Paris – Rom – Wien – Zürich – Stockholm – London ... und darüber das Gepolter und Gezisch und das Klingeln der Kontrollhämmer auf Wagenachsen und das Pfeifen zum Zeichen der Abfahrt ... ich liebe Bahnhöfe und bin immer wieder fasziniert von den Geräuschen und Gerüchen, die dort herrschen.

An diesem Abend jedoch nahm mich nichts von alldem gefangen. Ich stand hinter einer Anschlagtafel, auf der Plakate klebten, die – ausgerechnet – für das Kaufhaus Weinheimer warben. Ich ließ die Reisenden, die dem aus Belgrad soeben eingelaufenen D-Zug entstiegen, an mir vorüberziehen.

Ich hoffte, Franziska zu sehen, ehe Zieroth auftauchte – aber dann fiel mir ein, daß es Vorschrift war, mit Verhafteten erst auszusteigen, wenn der Bahnsteig leer war, um Aufsehen zu vermeiden und Fluchtversuche zu verhindern.

Da kam Zieroth schon.

Er sah nicht anders aus als sonst. Gesichtern wie diesem sieht man Anstrengungen oder Erschütterungen kaum an.

Ich ließ ihn vorübergehen, die Treppe zum Querbahnsteig hinaufsteigen und verschwinden, ohne mich an seine Fersen zu heften. Es war mir klar, daß ich eine Insubordination beging. Aber das war mir piepegal. Ich wollte Franziska sehen.

Sie kam, von zwei Beamten in Zivil flankiert, als der Gepäckwagen schon fast ausgeladen war. Blaß und müde, mit großen Augen und schmalen Lippen ging sie zwischen den Männern am Zug entlang. Im Augenblick, als die drei neben den Elektrokarren voll Koffer, Kartons und Bündel waren, wurde aus dem Wagen ein Sarg gehoben. Es war ein schwerer Zinksarg. Sechs Männer wuchteten das Monstrum auf eine noch leere Karre. An der Stirnseite des Sarges klebte – wie an einem Koffer – ein Gepäckzettel. Darauf war deutlich «Split» zu lesen. Das war zweifellos die sterbliche Hülle der dritten Hauptfigur.

Franziska hielt sich die Hand vor die Augen. Sie stolperte. Ich war schon im Begriff zuzuspringen, aber einer der Beamten kam mir zuvor und hielt das Mädchen am Arm fest. Sie gingen weiter und stiegen am Seiteneingang des Bahnhofs in einen dort wartenden Wagen.

Ich setzte mich in meinen VW und fuhr zu Zieroths Wohnung. Meine Gemütsverfassung war unvergleichlich. Ich hatte große Lust, sie in Korn und Bier zu ersäufen wie einen kranken alten Hund im Dorfteich.

Zieroths Wohnung war noch dunkel. Er konnte, wenn er nicht ein

Taxi genommen oder seinen Wagen am Bahnhof im Parkhochhaus abgestellt hatte, auch noch nicht da sein.

Ich placierte mein Auto dreißig Meter entfernt unter einer Linde, die Wagen und mich in Schatten tauchte. Ich rauchte. Nach drei Zigaretten kam Zieroth. Es ging ins Haus. Nacheinander wurden die Fenster seiner Wohnung hell.

Es gab keinen plausiblen Grund, noch länger zu warten – aber ich wartete. Wenn Zieroth schlafen gegangen war, konnte ich mich ruhiger betrinken.

Eine halbe Stunde später erloschen die Lichter in seiner Wohnung. Ich wollte gerade starten, als er aus der Haustür trat, auf einen hellen Opel-Kadett zuging, der auf dem Privatparkplatz neben dem Haus stand, ihn aufschloß, sich hineinsetzte und – nach geschicktem Rangiermanöver – davonfuhr.

Es war eine halbe Stunde vor Mitternacht.

Ich fuhr hinterher. Es nieselte immer noch. Meine Lust auf Alkohol als Mißstimmungs-Töter wich einer belebenden Jagdlust.

Zieroth fuhr nach Westen aus der Stadt. Er fuhr ziemlich scharf. Ich hatte Mühe, ihn im Auge zu behalten, ohne selbst bemerkt zu werden, denn es war nicht sehr viel Verkehr.

Möglicherweise war meine Jagdlust albern. Wohin sollte Zieroth schon fahren? Es war doch eigentlich klar und verständlich, daß er – so jung verwitwet – nicht allein in der Wohnung sein mochte, in der ihn alles an die tote Frau erinnerte. Wahrscheinlich fuhr er zu seinen Eltern oder zu Freunden ...

Aber warum parkte er jetzt seinen Opel in der Nähe des Vorortbahnhofs und ging auf den Taxistand zu?

Das Taxi, das er nahm, brachte ihn in eine Stadtrandsiedlung. Vor einem Reihenhaus stieg Zieroth aus. Ich verließ, hundert Meter entfernt, mein Auto und lief – den Kragen hochgeschlagen und den Hut tief im Gesicht – langsam den Bürgersteig entlang auf ihn zu.

Das Taxi fuhr ab.

Zieroth öffnete die Pforte im Jägerzaun vor dem Häuschen, durchschritt den kleinen Vorgarten und klingelte an der Tür. Die Tür flog auf. Eine Frau, offensichtlich jünger, stand da im Gegenlicht.

Sie breitete die Arme aus und warf sich Zieroth an den Hals. «Liebling!» rief sie.

## 9

Ich hatte den «Liebling» noch im Ohr, als ich zurück zu meinem Auto ging, nachdem Zieroth ins Haus der fremden Dame mit den offenen Armen entschwunden war.

Ich merkte mir die Hausnummer. An die Tür zu gehen und den Namen auf dem Briefkastenschlitz zu entziffern, wagte ich nicht. «Liebling!» – das hatte keinen schwesterlichen oder verwandtschaftlichen Klang.

Ich fuhr nach Hause. Es war halb eins.

Franziska lag jetzt in ihrer Zelle im Untersuchungsgefängnis. Hoffentlich konnte sie wenigstens schlafen.

Die Nächte sollen das Schlimmste sein.

Ich hatte keine Lust mehr, mich zu betrinken ...

Als erstes verschaffte ich mir am nächsten Tag eine Besuchserlaubnis für das Untersuchungsgefängnis. Aber ehe ich hinfuhr, rief ich fünf- oder sechsmal in Zieroths Wohnung an. Er meldete sich nicht.

Ich erfuhr, daß die Leiche seiner Frau freigegeben worden war und daß schon morgen die Einäscherung sein sollte.

Ich stellte fest, daß im Hause Drosselweg 26 – dies war das Haus, vor dem Zieroth heute nacht so herzlich empfangen wurde – eine Frau Elvira Fiebig wohnte, 32 Jahre alt, verwitwet seit knapp zwei Jahren. Herr Fiebig war Finanzbeamter gewesen. Er hatte den Zusammenstoß seines Kleinwagens mit einem Lastzug nicht überlebt und war mit 45 jäh verblichen. Kinder gab's bei Fiebigs keine. Frau Fiebig besserte die Pension, die sie bekam, mit Schreib- und Übersetzungsarbeiten auf, denn sie war vor ihrer Eheschließung mal Fremdsprachen-Korrespondentin gewesen. Englisch und Spanisch. Telefon hatte sie auch.

Aber ich rief nicht an ...

Statt dessen rief ich die Weltring-Versicherung an und ließ mich von der melodisch singenden Dame mit Herrn Hebelau verbinden.

«Hat sich Zieroth schon bei Ihnen gemeldet?» fragte ich nach dem üblichen Austausch der Begrüßungsfloskeln.

«Nein», sagte Hebelau, «ich habe angeordnet, daß man mich sofort verständigt.»

«Gut», sagte ich, obschon es mir gar nicht zustand, Herrn Hebelau Zensuren zu erteilen. «Aber auszahlen müssen Sie, wenn er kommt, nicht wahr?»

«Ja», sagte er – und ich hörte das Bedauern des gesamten Vorstandes in seiner Stimme, «es sei denn, Zieroth wäre als – äh – Mordverdächtiger in Haft. Sonst haben wir keine Handhabe, eine – äh – Auszahlung zu verzögern oder gar zu verhindern.»

«Dauert das eine Weile?» wollte ich wissen.

«Was ... bitte?» Er hatte nicht verstanden.

«Ich meine, dauert der Vorgang – also die Auszahlungshandlung länger? Oder ist das in drei Minuten ... so holterdiepolter ... hundertfünfzigtausend Mark über den Tisch ...»

«Nein», sagte Hebelau, «nein – so holterdie –, nein, bestimmt nicht! Da sind natürlich gewisse – äh – Formalitäten zu erledigen! Wir zahlen ja meist auch unbar, also per Scheck, wenn der Versicherungsnehmer es nicht ausdrücklich anders ...»

«Fein», sagte ich. «Eine Bitte, Herr Hebelau: Wenn Zieroth kommt, benachrichtigen Sie bitte sofort meine Dienststelle! Und sorgen Sie dafür, daß er ein bißchen hingehalten wird, ja! Viertelstunde oder so. Und sagen Sie dem Kollegen, der sich bei Ihnen als Journalist melden wird, die Bank und die Schecknummer, falls Zieroth nicht auf Barzahlung besteht, bitte!»

«Jawohl», sagte Hebelau, «nur ist mir unklar, wieso... Ich denke, Sie bearbeiten die Sache?»

«Richtig», sagte ich. «Aber das erklär ich Ihnen später, falls es überhaupt nötig ist, ja! Ich muß jetzt nämlich schnell weg. Schönen Dank im voraus! Wiedersehen!»

Ich sagte Bescheid, daß man auf den eventuellen Anruf des Weltring-Hebelau sogleich einen guten Mann in Marsch setzen möge, der Zieroth nach der Übergabe des Schecks oder der Auszahlung des Geldes unbedingt im Auge behalten müsse. Beschreibung Zieroth: Soundso... das war schwierig, bei dem Durchschnittsgesicht. Das war für den Fall, das irgendwas dazwischenkäme oder ich selbst den Herrn verlöre...

Ich glaube sonst nicht an so was, aber ich muß, als ich das alles organisierte, einen sechsten Sinn gehabt haben, denn es kam wirklich etwas dazwischen – obschon ich Zieroth dabei durchaus nicht verlor. Doch der Reihe nach:

Es war halb zehn, als ich das Untersuchungsgefängnis erreichte. Auf dem Flur vom Verwaltungstrakt zum Sprechzimmer der Frauenabteilung sah ich von einem der vergitterten Flurfenster im ersten Stock aus in den Innenhof des riesigen, rußigen schwarz-roten Klinkerbaus.

Mit je vier Metern Abstand liefen dort zwölf, fünfzehn Frauen im Kreise herum. In der Mitte und in jeder Ecke stand eine Aufseherin in Uniform.

Ich glaubte, unter den Frauen im Kreise Franziska zu entdecken. Ja, das war sie! Ich blieb am Fenster stehen und sah hinunter. Sie ging mit gesenktem Kopf, die Hände vorschriftsmäßig auf dem Rücken, hinter einer grobschlächtigen Endvierzigerin her, die frech die kleinen Gitterfenster des Männertrakts musterte. Sie trug einen Trenchcoat und wirkte sehr schmal und einsam und verloren in dem tristen Viereck häßlichen Gemäuers... wie ein junges Tier, ein Fohlen vielleicht oder ein Kätzchen auf einem Kasernenhof.

Der Justizwachtmeister, der mich begleitete und auch die drei Minuten geduldig am Fenster gewartet hatte, sprach während des ganzen Marsches kein Wort. Er hantierte geschickt und mit beinahe nonchalanter Selbstverständlichkeit mit seinem mächtigen Schlüsselbund.

Ich kannte dieses und andere Gefängnisse von früheren dienstlichen Besuchen. Aber ich war jedesmal – auch heute – bedrückt, beklemmt, deprimiert und erschüttert, wenn ich nur das Rasseln der Schlüssel in den Gittertür-Schlössern hörte.

Sechs solche Türen schloß der Wachtmeister vor uns auf und hinter uns wieder zu. Mein Gefühl, immer unentrinnbarer in eine riesige Falle zu geraten, wurde von Tür zu Tür heftiger. Hinzu kam die sich verstärkende Geruchsmischung aus Lysol, nassem Stein, Eintopfessen, Lederfett, Schweiß, Latrine, Eisen – was weiß ich – und das kalte, unbarmherzige Neonlicht, das alle Gegenstände und Menschen flach, kalkig und schattenlos machte.

Wir waren am Ziel. Mein amtlicher Begleiter übergab mich einer Aufseherin.

Das war eine vierschrötig wirkende Frau mittleren Alters mit blassem Vollmondgesicht, das die faltenlose, wächserne Glätte eines Nonnengesichts hatte und von großen, dunklen, guten Augen beherrscht war.

Durch zwei weitere Gittertüren, die sie ebenso flink auf- und zuschloß wie ihr Kollege, führte mich die Frau in den Besuchsraum, eine grau und hellolivgrün gestrichene größere Zelle, die mit einem Tisch und zwei Stühlen möbliert war.

«Lassen Sie mich bitte mit der Gefangenen allein», sagte ich, «denn ich muß ihr ein paar Fragen stellen, die sie mir wahrscheinlich nicht in Gegenwart Dritter beantworten wird – wenn überhaupt . . .»

«Aber das ist . . .» entgegnete die Aufseherin und machte ein sehr dienstliches Gesicht.

«Gegen die Vorschriften, ich weiß», unterbrach ich. «Aber ich bitte Sie trotzdem eine Ausnahme zu machen. Wenn ich Rechtsanwalt und Fräulein Jansen meine Klientin wäre, ginge es ja auch ohne weiteres, nicht wahr?»

«Das ist was anderes, Herr Oberkommissar! Und das wissen Sie selber!»

«Da haben Sie recht», stimmte ich zu. «Ich wäre auch oft viel lieber auf der Verteidigungs- als auf der Ermittlungs- oder gar Anklage-Seite, das können Sie mir glauben!»

Sie sah mich an, dann lächelte sie, was in dieser Umgebung und in dieser Uniform wie Sonnenschein in einem Bergwerk wirkte, und dann nickte sie.

«Aber Sie müssen sich noch zehn Minuten gedulden», sagte sie nach einer kleinen Pause, «es ist jetzt gerade Spaziergang für den zweiten Stock.»

«‹Spaziergang› finde ich geradezu wundervoll», sagte ich, «ist das der amtliche Ausdruck?»

«Na ja», sie hob die runden Schultern, «Hand in Hand durch den Stadtpark – das geht ja auch nicht. Und für gefängniseigene Grünanlagen sind im Strafvollzug bestimmt keine Etatmittel vorgesehen!»

«Ich weiß», sagte ich traurig.

«Ich bringe Ihnen dann die Untersuchungsgefangene Jansen», sagte sie, verließ die Besuchszelle und schloß von außen zu. Ich erschrak richtig, als sich der Schlüssel im Schloß drehte. Da schloß sie schon wieder auf.

«Entschuldigung», sagte sie verlegen durch die geöffnete Tür, «ich war so in Gedanken!»

«Bitte!» sagte ich.

Auf dem Tisch stand ein Aschenbecher aus braunem Steingut. Ich zündete mir eine Zigarette an und lief auf und ab. Es waren neun Schritt von der offen gebliebenen Tür bis zum vergitterten Fenster, durch das man einen Streifen grauen Himmel sah, sonst nichts.

Als ich meine Zigarette gerade aus hatte, wurde Franziska gebracht.

«Ach so!» sagte sie, als sie mich sah und blieb mit dem Rücken zur Tür stehen.

Die Aufseherin schloß von außen ab.

«Guten Tag, Franziska», sagte ich behutsam. «Ich mag nicht fragen, wie es dir geht.»

«Warum bist du hergekommen?» fragte sie.

«Ich wollte – möchtest du eine Zigarette?»

«Ja, bitte!» Sie nahm eine, setzte sich auf einen der Stühle, sagte «Danke!», als ich ihr Feuer gab, und rauchte mit einem tiefen Zug.

«Ich wollte dir nur Nachricht über den Stand der Ermittlungen geben», sagte ich. «Hast du einen Anwalt?»

«Nein», erwiderte sie. «Wozu? Ich bin unschuldig!»

Sie sah mich an, dann glitt ihr Blick zum Fenstergitter. Blaß war sie. Blaß, grau, mager und müde. Um ihren hübschen Mund lag ein fremder Zug – nein, nicht Bitterkeit, eher Trotz oder Verachtung.

Ich hätte ihr so gern den Arm um die Schulter gelegt oder ihr wenigstens die Hand gedrückt – aber als ich mich ihr gegenübersetzte und nach ihrer Hand, die auf dem Tisch lag, fassen wollte, steckte sie sie in die Tasche ihres Mantels, den sie noch vom «Spaziergang» trug.

Das Schlimme war, daß ihr Mißtrauen nicht grundlos bestand. Ich hätte ihr im Boot, als wir – vom Hai umkreist – nachts auf dem Mittelmeer trieben, sagen müssen, wer ich war, warum ich in Jelsa war, was ich für einen Auftrag hatte ... und überhaupt alles.

Aber das hatte ich, aus Mitleid, aus Verliebtheit, aus Angst, alles zu verderben – verpaßt.

Und dann war der verdammte Fall Zieroth gekommen und Franziska mußte mir zwangsläufig zunächst verdächtig erscheinen. Ich hatte keine Ursache, gekränkt zu sein, wenn sie mir jetzt und hier ihre Hand entzog.

Wir saßen und rauchten und schwiegen ein paar Minuten. Dann raffte ich mich auf, berichtete in knappen, sachlichen Worten das Wesentliche – ohne von Zieroths Versicherungsgeschichte und Polygamie zu reden – und schloß mit dem Versuch, ihr Mut zu machen: «Es steht gut, Franziska! Sie werden dich freilassen müssen! Glaub mir! Denn das, was sie an Indizien haben, ist zu wenig für eine Anklage – zumal die Blutflecken an deiner Kostümjacke als Beweis ausfallen. Halt die Ohren steif, hörst du ... noch ein oder zwei Tage! Ich bleibe dran! Ja!»

«Schönen Dank», sagte sie, probierte ein Lächeln, das aber danebenging, gab mir nun doch die Hand – ihre leichte, warme, trockene, zierliche Hand – und kaute auf der Unterlippe, um die aufsteigenden Tränen zu verbeißen.

«Schönen Dank, Leo!» wiederholte sie und wandte sich zur Tür.

Ich drückte auf den Klingelknopf am Türpfosten. Die Aufseherin schloß auf, nahm Franziska in Empfang, sagte: «Einen Augenblick, Herr Oberkommissar!» zu mir und verschwand mit ihr.

Ich sah ihnen nach, schluckte und putzte mir umständlich die Nase.

Von einer Telefonzelle aus, die heiß und stickig war, rief ich Zieroths Nummer zum sechstenmal an. Keine Antwort.

Darauf wählte ich die Nummer meines Freundes Kulle, der Rechtsanwalt ist, obwohl er wie ein Tierarzt in Dithmarschen aussieht. So blond und rosig, mein ich.

Wir haben, als wir jung waren, zusammen Theater gespielt. «Urfaust» und so was. Er war damals besessen von der Idee, Schauspieler zu werden. Begabt genug dafür war er. Seine Plädoyers sind heute noch reife Chargenspieler-Leistungen.

Die weiblichen Geschworenen pflegen bei seinen Strafverteidigungen regelmäßig zu heulen. Vor allem dann mit Sicherheit, wenn Kulle in bewegten Worten die trostlos-harte Jugend des Angeklagten schildert.

In einem Diebstahlsprozeß gegen zwei minderjährige Strichmädchen soll vor einiger Zeit bei Kulles Verteidigungsrede sogar ein Staatsanwalt die Hand über die Augen gelegt und leise geschluchzt haben... aber das halte ich für eine Legende, obschon ich Kulle sehr gern mag und – wie gesagt – Proben seines Talents erlebt habe.

Kulle hatte eine neue Praxisgehilfin.

«Wen darf ich bitte melden?» fragte sie, als ich mich erkundigt hatte, ob der Herr Rechtsanwalt zu sprechen sei.

«Baron Haferschleim», sagte ich.

«Verzeihung... wie bitte? Ich habe nicht...» fragte sie verwirrt zurück.

«Ganz einfach», wiederholte ich ernsthaft, «Haferschleim, Baron Haferschleim. Ihr Chef kennt mich. Wir sind ganz alte Freunde, liebes Kind. Wir haben zusammen schon Pferde gestohlen!»

«Ach so...» Das arme Ding war so verdattert, daß es nicht wußte, was es sagen sollte. «Einen Augenblick, bitte!» sagte es dann.

Kulle kam in die Leitung. «Natürlich!» krähte er. «Mein Leopold! Baron Hafer...» Er lachte. «Ich muß mal nachschlagen, ob's einen Paragraphen gegen das Veralbern von Büromädchen gibt. Wie geht's dir, Halunke?»

«Ich muß dich sprechen, Kulle», sagte ich.

«Hallo», rief er, «klagt sie auf Erfüllung?»

«Wer?» Jetzt war ich verdutzt.

«Was weiß ich!» Er lachte. «Komm her. Am besten gleich. Viertel vor zwölf muß ich aufs Gericht!»

Die neue Praxisgehilfin war noch sehr jung. Es tat mir richtig leid, daß ich sie so auf die Schippe genommen hatte.

«Grober Unfug», sagte Kulle, als ich sein Arbeitszimmer betrat, «Geldstrafe – bei Personenschaden und im Falle vorsätzlicher Wiederholung Gefängnis nicht unter ...»

«Verbindlichen Dank!» unterbrach ich. «Gib mir lieber was zu trinken!»

«Beamte im Dienst», spottete er, «mit Alkohol zu tränken ist eines pflichtbewußten Bürgers unwürdig!»

«Seit wann bist du ein Bürger?» fragte ich.

«Seit vorgestern», sagte er. «Meine Frau hat festgestellt, daß ich einen Bauch kriege.»

«Wobei hat sie das fest –?»

«Benimm dich», grinste er.

«Geschieht dir recht, Bürger!» sagte ich. «Nun mußt du einen Obsttag einlegen und frühmorgens von sechs bis sieben Sport treiben. Ich kann dir über einen Kollegen die Adresse eines Herrenkorsett-Machers verschaffen, der sehr gut arbeiten soll.»

«Ach ja, bitte!» freute sich Kulle, hob sein Whiskyglas und rief: «Prost auf den Frühsport!»

«Prost!» stimmte ich zu.

Wir tranken, zündeten uns Zigaretten an und kamen schließlich zur Sache.

Ich erzählte ihm den Fall Ladicke–Zieroth–Jansen. Er hörte zu. Zuhören war seine zweite Stärke.

«Und was soll ich also tun?» fragte er, als ich fertig war.

«Das Mädchen aus dem Kittchen holen», sagte ich. «Haftprüfung und all den Zimt – dein Bier!»

Er kaute auf einem Bleistift herum und dachte nach. «Nicht ganz so einfach, Leo», sagte er dann. «Sie ist – wenn du's mal mit den Augen des Haftrichters siehst – von Ladicke, oder wie der miese Knilch geheißen hat, sitzengelassen worden. Mit Kind. Er hat sie dreckig behandelt. Dann ist sie zuletzt – als letzte – mit ihm gesehen worden. Im Streit. Von einer Frau, die ein paar Tage später auch umgebracht wird – auf die gleiche hübsche Art und Weise, Stich in die Halsschlagader, basta. Als das passiert, ist die junge Dame gerade verschwunden für das nötige halbe Stündchen – kein Alibi ...»

«Aber das Hauptbelastungsmoment», sagte ich, «die Blutflecken ...»

«Na schön», Kulle seufzte, «Blutgruppengleichheit von Opfer und Täter, olle Krimischreiber-Kamelle – aber das heißt ja nicht, daß sie es *nicht* war! Oder?»

Ich schwieg. Er hatte recht – wenn man es mit den Augen des Haftrichters ansah.

«Also ich weiß nicht, Leo», sagte Kulle, «ich will's natürlich gerne versuchen, wenn du da so Wert drauf legst. Das Versicherungsargument ist nicht von Pappe – aber ob das reicht?»

«Danke!» sagte ich deprimiert. Ich hatte es mir leichter vorgestellt.

«Bist du verknallt in das Mädchen?» fragte Kulle jetzt. «Du kannst *mir* da ruhig dein Herzchen ausschütten, wie einer Mutter!»

«Ich fürchte ja», sagte ich ziemlich leise.

«Ausgerechnet Bananen!» meinte Kulle.

«Ich ruf dich an!» sagte ich.

«Sei so günstig!» sagte er.

Das neue Büromädchen ließ mich hinaus. «Auf Wiedersehen, Herr Baron!» sagte es ehrerbietig.

Aber ich konnte nicht lachen.

Der Fehler, den ich nun – aus lauter Zerstreutheit und Engagement – machte, beweist, wie berechtigt die Forderung nach strenger Trennung von Privatleben und Dienst ist.

Ich fuhr zur Witwe Fiebig, Drosselweg 26, stellte mein Auto direkt vor ihre Reihenhaus-Haustür, verscheuchte gewaltsam alle Gedanken an Franziska aus meinem Kopf, konzentrierte mich auf die bevorstehende Aufgabe und klingelte.

Es dauerte zwei Minuten.

Ich hatte das deutliche Gefühl, durch das Guckloch in der Tür besichtigt zu werden. Dann wurde geöffnet.

Die Frau sah nett aus. Sie trug ein cognacfarbenes Jerseykleid, das ihre hübsche Figur unterstrich. Ihr Gesicht war – von schwarzem Gelock umrahmt – blaß, ohne sichtbares Make-up – nur der volle, große, gutgeschwungene Mund war behutsam geschminkt.

«Bitte?» fragte der Mund.

«Frau Fiebig?» fragte ich zurück.

«Ja ...» sagte der Mund.

«Kriminalpolizei», sagte ich und zückte meine Legitimation, «Klipp. Ich würde Ihnen gern ein paar Fragen stellen, Frau Fiebig.»

«Worum – worum handelt es sich?» Sie war überrascht. Kunststück.

«Darf ich hereinkommen?» fragte ich.

Sie zerrte verwirrt und nervös ihr Kleid über der Hüfte zurecht, obwohl es ganz korrekt saß.

«Bitte sehr», sagte sie und trat beiseite.

Auf dem hellen Flur, in den ich kam, hing zwischen einer Reihe schön gerahmter Merianstiche eine alte Kuckucksuhr. Sie plärrte los, als ich gerade den Hut abnahm.

Zwölf.

«Sie sind mit Herrn Zieroth bekannt, nicht wahr?» eröffnete ich das Interview.

«Wie bitte? Wie war der Name?» fragte sie.

«Zieroth, Erich Zieroth», wiederholte ich verblüfft. Entweder war sie eine Meisterin der Verstellungskunst oder... vielleicht hatte ich mich in der Hausnummer geirrt? In so einer Siedlung, wo alles aus dem Baukasten ist, kommt das vor.

An der Garderobe hing ein Herrenmantel. Es war ein heller Regenmantel, wie ihn Zieroth gestern nacht getragen hatte.

«Das tut mir leid», sagte Frau Fiebig freundlich. «Aber ich kenne wirklich niemand dieses Namens!»

«Dann muß die Information, die wir bekommen haben, falsch sein», sagte ich. «Wir sind benachrichtigt worden, daß der gesuchte Herr Zieroth heute nacht mit einem Taxi zu Ihnen gefahren ist!»

«Nein», sie lächelte jetzt, was ihren üppigen Mund noch üppiger erscheinen ließ, «nein – das muß eine Verwechslung sein...»

«Haben Sie keinen Besuch bekommen?» bohrte ich.

«Doch», nickte sie bereitwillig und fuhr sehr sicher fort: «Mein Verlobter ist gestern abend – heute nacht, wenn Sie wollen – von einer Geschäftsreise zurückgekommen. Aber er...»

«Augenblick, Mausi!» rief eine Männerstimme hinter mir von der Treppe her, die ins erste Stockwerk führte.

Ich fuhr herum. Dort stand Zieroth. Er hatte einen weiten Hausmantel an, mit weinroter Kordel eingefaßt, und lächelte mir zu.

«Welche Überraschung, der Herr Klipp!» sagte er.

«Ganz meinerseits!» erwiderte ich.

In Gedanken sagte ich «Hornochse!» zu mir selbst.

Warum hatte ich nicht am Vorortbahnhof nachgesehen, ob sein Opel noch dort stand? Warum hatte ich nicht unter irgendeinem Vorwand bei Frau Fiebig angerufen? Warum...?

«Aber wieso... bitte...» stotterte die junge Witwe verwirrt, sah von mir zu Zieroth und wieder von Zieroth zu mir und kaute auf dem Knöchel ihres rechten Zeigefingers. «Wieso? Was hast du denn...? O Gott, Peter!»

«Bitte reg dich nicht auf, Mausilein», beschwichtigte Zieroth die Verstörte. Er kam die Treppe herab, nickte mir freundlich zu, was mich irritierte, legte der Verstörten liebevoll den Arm um die Schulter und tätschelte mit der anderen Hand ihren Hals – ihren hübschen Hals.

«Ich werde dir gleich alles erklären, mein Schätzchen!» sagte er mit einer Stimme, wie sie besorgte Väter für ihre kranken Kinder haben. Dann führte er sie bestimmt und behutsam an mir vorbei zu einer Tür mit Mattglasscheiben, redete begütigend auf sie ein: «Hab ein paar Minuten Geduld, mein Liebstes, gleich wird alles geklärt sein. Mißverständnisse, weißt du... nichts als Mißverständnisse!»

«Ja, Peter!» seufzte sie und sah ihn halb gläubig, halb zweifelnd an. Er schob sie sachte in das Zimmer hinter der Tür und schloß ruhig die Klinke und drehte sich zu mir um und lächelte immer noch und zeigte mit einer einladenden Handbewegung zu einer Treppe, die – sechs oder sieben Stufen hoch – nach unten führte.

«Peter ist auch ganz hübsch», bemerkte ich.

«Aber Herr Klipp», sagte Zieroth. «Haben Sie denn keinen Kosenamen?»

«Mehrere», sagte ich. «Nur mein Familienname ist seit eh und je der gleiche!»

«Verurteilen Sie mich nicht, bevor Sie mich angehört haben!» sagte er, und das klang so ... echt, so ... ängstlich ... ich weiß nicht wie, jedenfalls fiel ich drauf rein.

«Schießen Sie los!» sagte ich.

«Aber nicht hier», meinte er leise und warf einen Blick über die Schulter zu der Mattglastür, hinter der er seine junge verwitwete Verlobte untergebracht hatte.

«Na schön», sagte ich.

Er zeigte abermals auf die Treppe nach unten. Ich nickte und ließ ihn vorangehen.

«Sie sind sehr fair, Herr Klipp!» sagte er nach rückwärts. «Wirklich! Sehr fair!»

Ich schwieg.

Er öffnete eine Stahlblechtür am Fuß der Treppe und knipste zugleich das Licht in dem dahinterliegenden Raum an. Das schien der Heizungskeller zu sein. Zieroth krümmte sich plötzlich. Er preßte die Hände vor den Leib und stöhnte entsetzlich und verzerrte das Gesicht und beugte den Kopf weit nach vorn.

«Was ist denn los, um Gottes willen?» rief ich und trat auf ihn zu.

In diesem Augenblick schnellte er wie eine Stahlfeder hoch, schlug mich mit beiden Fäusten in den Magen und stieß mich, ehe ich Luft holen konnte, mit solcher Vehemenz in den Kellerraum, daß ich in die Knie ging und erst wieder hochkam, als die stählerne Tür hinter mir «Blubb!» machte und von außen ein Schlüssel im Schloß knirschte. Unglaublich.

«Zieroth!» brüllte ich und hämmerte gegen das Stahlblech, daß es dröhnte. «Zieroth! Machen Sie keinen Unsinn! Sind Sie völlig verrückt geworden?»

Das Licht in meinem Gefängnis ging aus – sonst geschah nichts. Kein Laut von draußen, keinerlei Echo auf mein Gebrüll.

# 10

In dem Heizungskeller war es dämmerig und muffig warm. Durch zwei Glasziegel fiel ein wenig Tageslicht herein. Eine dicke Spinne hatte davor ihr kunstvolles Fangnetz gezogen. Eine durchlöcherte Betonplatte von doppelter Bausteingröße diente als Frischluftquelle. Neben dem rotlakkierten Heizkessel standen ein paar Gartengeräte in der Ecke. An der Wand hing ein Wasserschlauch. Rechts neben der Tür war ein umgedrehter Blecheimer.

Reizend möbliertes Kittchen. Außer Zieroth und seiner Herzallerliebsten wußte niemand, daß ich hier hockte, keine Menschenseele. Wenn er mit der Dame – was anzunehmen war – das Weite suchte, konnte ich hier, wie weiland Barbarossa im Kyffhäuser, einen Vollbart kriegen.

Wie lange, überlegte ich, kommt ein Mensch ohne Wasser und Brot aus?

Draußen, auf dem Steinplattenweg vor dem Häuschen, klapperten Schritte. Eine Tür wurde zugeschlagen. Ein Motor brummte.

Nun war es still, sehr still.

Ruhige Wohngegend, sozusagen.

Nur die Heizung grummelte leise.

Ich setzte mich auf den umgedrehten Blecheimer.

Die Spinne kletterte in ihrem Netz herum und kauerte sich schließlich in eine Ecke, um auf ihr Vesperbrot zu warten ... Besonders bequem saß ich nicht auf dem umgedrehten Eimer, aber es blieb mir nichts anderes als Sitz übrig, wenn ich sitzen wollte.

An Spazierengehen war ja nicht zu denken, der Heizungskeller maß wenig mehr als vier Quadratmeter. Zweieinhalb davon nahm der rote Kessel ein.

Es gelang mir, von der eisernen Harke, die in der Ecke stand, eine Zinke abzukriegen, indem ich das Ding zwischen Heißwasserrohr und Wand klemmte und so lange hin und her hebelte, bis die Zinke abbrach.

Aber meine Versuche, mit diesem Werkzeug einen der Mauersteine zu lockern, scheiterten kläglich. Ich erntete weiter nichts als zerschundene Finger, ein deprimierend kleines Häufchen Mörtel auf dem Zementfußboden und die Gewißheit, daß gerade an diesem Mauerwerk besonders solide Handwerker tätig gewesen sein mußten.

Eine große Bewunderung für alle jene erfüllte mich, die ich in Filmen oder auf der Fernsehscheibe meterdicke Mauern hatte durchbrechen sehen, um ihren Freiheitsdurst zu stillen etc. ...

Auch mein anderer Fluchtversuch, mittels der schweren Heckenschere die Glasziegel zu zertrümmern, mißlang.

Die Eingesperrten in früheren Zeiten müssen tüchtiger gewesen sein. Ich jedenfalls fand keinen Weg, meine zivilisierte Zelle zu verlassen, so sehr ich mir auch die verschiedenen Ausbruchstechniken und -erfolge berühmter Vorgänger – vom Grafen von Monte Christo bis Mike Hammer – vergegenwärtigte.

Es war darüber zwei geworden. Ich saß auf dem Eimer – wie gesagt nicht sonderlich bequem – und blies Trübsal.

Da wanderte plötzlich ein Schatten an meiner kleinen Lichtquelle vorbei und Schritte waren auf den Steinen vor dem Hause zu hören.

Ich legte den Mund an die durchlöcherte Betonplatte und rief: «Hallo! Hallooo! Wer ist da? Können Sie mich hören? Hallooo!»

Die Glasziegel wurden dunkel. Eine Männerstimme fragte: «Ist da jemand?»

«Ja, hier im Heizungskeller!» schrie ich.

«Ist Frau Fiebig nicht da?» wollte der Mann wissen.

«Ich glaube nicht», sagte ich.

«Weil ich nämlich die Zeitung kassieren wollte», sagte der Mann.

«Tut mir leid», rief ich, «aber ich kann Ihnen da nicht helfen, ich bin hier eingeschlossen.»

«Ja... aber...» stammelte der Zeitungskassierer, dann schwieg er hilflos.

«Vielleicht könnten Sie ja mal außenrum gehen», rief ich. «Wenn da irgendwo ein Fenster offen ist, klettern Sie rein und lassen mich raus, wie!»

«Ich weiß nicht», sagte er. «Das ist aber doch... das kann ich nicht machen...»

«Dann tun Sie mir einen Gefallen und rufen Sie die Polizei!» bat ich.

«Ja», sagte er erleichtert, «ja, die Polizei... mach ich!» Damit verschwand er und das Licht fiel wieder durch die Glasziegel.

Ich setzte mich auf den harten Eimer und wartete mit einigen Zweifeln, ob das wohl klappen würde. Es war so still, daß ich Mühe hatte, wach zu bleiben.

Der näher kommende Sirenenton eines Peterwagens machte mich munter. Ich legte, als der Wagen vor dem Haus gehalten hatte und Männerschritte laut wurden, den Mund an die löchrige Betonplatte und schrie: «Hierher! Hilfe!»

«Wo sind Sie?» schrie draußen jemand.

«Hier!» brüllte ich aus Leibeskräften. «Hier unten!» und vollführte mit Händen und Füßen und Eimer und Gartenschere an dem Kessel und an den Wänden und an der Tür einen solchen Heidenspektakel, daß Ringo Starr an seinem Schlagzeug vor Neid erblaßt wäre.

Drei Minuten später war ich frei.

Die Peterwagenmänner waren durch das offenstehende Küchenfenster ins Haus geklettert. Zum Glück hatte Zieroth freundlicherweise den Schlüssel außen an der Stahlblechtür stecken lassen. Dem Polizisten, der mich aus dem Keller ließ, fehlte nicht viel an zwei Meter Länge. Sein gewaltiger Brustkorb in der Uniform schrie geradezu nach Ordensschmuck, soviel Platz war darauf. Höchste Zeit, daß wir wieder einen König kriegen, der für so was sorgt.

«Wer sind Sie?» fragte der Einsachtundneunziger, als ich aufatmend das muffige Gehäuse verließ.

«Ein Kollege», sagte ich, suchte, fand und zeigte meine Marke.

«Na...» erwiderte er nur.

Aber da war alles drin: Wie ist das möglich, daß du dich hast einsperren lassen? und: Muß ja wohl nicht allzuviel los sein mit dir? – und so weiter.

Und er hatte recht, wenn man's genau betrachtete.

Ich nahm mir fest vor, dieses Abenteuer ganz fix zu vergessen.

Inzwischen kam der zweite Polizist die Treppe vom ersten Stock heruntergepoltert.

«Keiner im Haus», rief er. «Sieht nach ziemlich schneller Abreise aus. Alles durcheinander, da oben!»

«Glaub ich», sagte ich.

Der Kuckuck guckte aus der Uhr und teilte uns mit, daß es halb drei war.

«Woher wußten Sie...?» fragte ich.

«Über Funk», erklärte der Riese, wie man einem Abc-Schützen drei mal drei erklärt.

«Wir haben Anweisung gekriegt, hierherzufahren», sagte der andere, «hier wäre jemand in Lebensgefahr...»

«Die übertreiben immer ein bißchen», sagte der Große grinsend.

Ich ging zum Telefon und rief meine Dienststelle an.

Feuerhack war dran.

«Da sind Sie ja!» bullerte er los. «Man hat Sie schon überall gesucht! Unserem Mann ist vor dem Gebäude der Versicherung Ihr Zieroth mit einem Auto durch die Lappen gegangen. Mitsamt einer Dame. Gemüt, was? Noch vor der Beisetzung der eigenen Frau mit 'ner anderen stiftengehn. Wo stecken Sie denn? Die Versicherungsleute sind ziemlich nervös, sagt der Chef. Weil sie hundertfünfzig Mille ausgezahlt haben, auf Ihren Vorschlag, wie? Na, Klipp...»

Ich bremste seine Freude: «Ich nehm das in die Hand», verkündete ich – obschon ich überhaupt nicht wußte, was da noch in die Hand zu nehmen war, und legte auf.

Großes Durcheinander. Das kommt davon, wenn man die Leute mal eine Stunde allein wurschteln läßt.

Während die zwei Peterwagenkollegen herumstanden und die Gelegenheit nutzten, um eine Zigarette zu rauchen, dachte ich nach, was ich wohl an Zieroths Stelle getan hätte und tun würde.

Dann wählte ich die Nummer des Flughafens: «Hier Kriminalpolizei, Oberkommissar Klipp», sagte ich, «wann startet die nächste Maschine, bitte?»

«Wohin?» wollte das Fräulein am anderen Ende wissen.

«Irgendwohin», sagte ich ungeduldig, «überhaupt – die nächste!»

*So ein Koffer voll Geld . . .*

... der beflügelt die Beine und die Phantasie, der verdoppelt die Schrittzahl und den Herzschlag. Für einen Koffer voll Geld rennt jeder noch einmal so schnell, wenn er den Koffer in Sicherheit bringen muß, und noch einmal so gern, wenn er ihn bereits am Ziel weiß. Manche vergessen Herzinfarkt und Magengeschwür und gute Sitten und mitunter auch die Gesetze, alles für einen Koffer voll Geld.

Schon der weise Lesage hat in seinem *Gil Blas* geschrieben: «Alle Menschen eignen sich gern den Besitz anderer an: Es ist ein allgemeiner Wunsch. Nur die Art, wie sie es machen, ist verschieden.»

«In achtundvierzig Minuten», sagte das Fräulein verdutzt, «nach Madrid.»

Ich bedankte mich und hängte auf. «Wie weit ist es von hier zum Flughafen?» fragte ich die Polizisten.

«Gute zwanzig Kilometer», sagte der Lange.

«Also los!» sagte ich. «Blaulicht und Sirene – was die Gäule hergeben!»

«Okay!» sagten die zwei gleichzeitig.

Aber sie beschleunigten ihren schweren Schritt durchaus nicht, als wir durch den Vorgarten zu dem grün-weiß lackierten Peterwagen gingen.

Die Haustür hatte ich einfach hinter mir zufallen lassen.

Wir fuhren mit Blaulicht und Sirene. Es war wieder prima! Ich habe das schon öfter mitgemacht, aber jedesmal macht mir so eine Peterwagen-Fahrerei richtigen Spaß – wie einem Vierzehnjährigen.

Wenn alles vor einem an die Seite flitzt oder stehenbleibt und keine Ampel mehr gilt und kein Verkehrsschild – und links vorbei – und rechts vorbei und zwischendurch durch den Rummel mit neunzig Sachen ... toll!

Nach knapp fünfzehn Minuten hielten wir am Flughafen-Eingang. Ich hatte meinen beiden Befreiern unterwegs in großen Zügen erzählt, was los war und ihnen, so gut ich konnte, eine Beschreibung Zieroths gegeben.

Ich bat die zwei zu warten und betrat hinter einem Gepäckträger, der zwei Exemplare silberbeschlagenes Schweinslederzeug schleppte, die Halle.

Durch den Lautsprecher wurden die Passagiere des BEA-Flugs Nummer soundsoviel nach Frankfurt–Paris–Madrid–Casablanca gebeten, sich zum Ausgang B zu begeben. Sie wurden sehr höflich und kühl und in zwei Sprachen gebeten.

Ich ging schnurstracks zum Rollfeld-Ausgang B.

Etwa dreißig Menschen standen dort und warteten.

Ich hatte richtig nachgedacht: Zieroth stand mittendrin. Neben ihm Frau Fiebig, die hübsche.

Auf der anderen Seite der Glaswand, die den Warteraum vom Rollfeld trennt, näherten sich zwei Leute in Uniform, um die Passagiere zum Flugzeug zu geleiten.

Ich drängelte mich sachte durch die Wartenden. «Pardon!» sagte ich und «Gestatten Sie!» und «Erlauben Sie bitte!» Die Leute ließen mich durch. Nun stand ich hinter Zieroth.

Ich legte ihm die Hand auf die Schulter.

Er sah sich erschrocken um und machte große, schöne Augen.

«Kommen Sie mit, Herr Zieroth», sagte ich leise. «Aber ohne Fisimatenten, ja!»

Vorn wurde die Glaswand aufgeschoben.

«Bitte die Tickets bereithalten!» rief der eine Mann in seiner schicken Uniform.

«Verdammter Scheißdreck!» flüsterte Zieroth. Seine Augen flitzten.

«Schön ruhig!» sagte ich.

Frau Fiebigs Blicke hingen an seinem Gesicht. Ihr schöner großer Mund war ein Stückchen offen. Ihre Unterlippe zitterte. Die anderen Fluggäste gingen an uns vorbei, ohne viel Notiz von uns zu nehmen, nach draußen. Eine sehr hübsche Rotblonde wandte sich um und warf mir eine Kußhand zu – aber sie meinte den specknackigen Herrn hinter mir mit dem durchgeistigten Antlitz eines Seehunds.

«Ich hätte Sie doch umlegen sollen!» sagte Zieroth, als wir uns zum Gehen wandten.

«Das wäre sicherer gewesen», pflichtete ich ihm bei.

Ein aufgeregtes Paar – offensichtlich Amerikaner – kam angerannt. Der Mann in wehendem Trenchcoat und Schal, rotgesichtig und atemlos, rempelte mich aus Versehen an, als er sich nach seiner Frau umdrehte.

Im gleichen Augenblick trat mir Zieroth gegens Schienbein und gab mir einen Stoß, so daß ich für einen Moment den Halt verlor und taumelte.

Da war er schon vier, fünf Meter weit weg, sprang mit einem Satz über eine der Sitzbänke, duckte sich, schlug einen Haken, verschwand für zwei Augenblicke hinter einem großen Philodendron, tauchte wieder auf, rannte auf die Treppe zu, die zum Haupteingang führte und hatte bereits zwanzig, dreißig, vierzig Schritt Vorsprung, ehe ich in Bewegung kam. Ich lief los. Mein Bein schmerzte. Neben mir lief Frau Fiebig. Sie verlor den Mantel, den sie über dem Arm getragen hatte, ließ ihn einfach liegen und lief weiter.

«Halt!» schrie ich.

«Nicht schießen, bitte!» schrie Frau Fiebig.

Das war unnötig. Ich hatte gar keine Waffe bei mir. Sie mußte irgendeine meiner Armbewegungen mißdeutet haben.

Zieroth erreichte die große Halle.

«Halt! Bleiben Sie stehn!» schrie ich. Er reagierte nicht. Jetzt war er neben dem Zeitungskiosk – und nun war er verschwunden. Weg. Vom Erdboden verschluckt. Ich rannte. Rennen kann ich. Frau Fiebig blieb zurück.

Da stand er hinter einem Taschenbuchständer! Ich machte zwei große Schritte und hatte ihn am Arm. Aber er war es nicht. Ein entsetztes junges Gesicht sah mich an. Der gleiche Mantel, eine ähnliche Aktentasche. Irrtum.

«Verzeihung!» sagte ich atemlos.

Frau Fiebig war wieder an meiner Seite. Ihr gehetzter Blick verriet mir Zieroth. Da lief er. Drüben an der Schalterreihe entlang rannte er.

«Zieroth!» schrie ich. «Bleiben Sie stehn!» und setzte ihm nach. Menschen blieben entsetzt wie angewurzelt auf der Stelle und sahen sich um. Eine Frau kreischte. Ein Mann im Lodenmantel baute sich vor dem Flüchtenden auf und breitete die Arme aus.

Aber Zieroth bückte sich einfach – mitten im Laufen – und ließ den Mann mit ausgebreiteten Armen verdattert stehen.

Zwei andere Männer schlossen sich mir an.

«Was ist los?» fragte der eine nebenher rennend.

«Der da vorn steht unter Mordverdacht!» erklärte ich.

Daraufhin blieb zuerst der eine, dann auch der zweite Verfolger zurück.

Zieroth lief auf den Haupteingang zu, stoppte plötzlich, bog scharf nach rechts ab und raste zu der Treppe, die ins Souterrain führte. Dort befand sich die Gepäckabfertigung und eine Reihe Büros.

Ich holte ein paar Meter auf.

Frau Fiebig war kurz hinter mir. Sie hatte ihre hochhackigen Schuhe ausgezogen und lief in Strümpfen. Die Schuhe lagen mitten in der Halle.

«Halt, zum Donnerwetter, Zieroth! Halten Sie an!» schrie ich wieder.

«Nicht schießen! Nicht!» gellte Frau Fiebigs angsterfüllte Stimme.

Zwei oder drei Leute riefen durcheinander: «Überfall!» – «Aufhalten!» – «Hierher!» Jemand brüllte: «Polizei!» «Hiiilfe!» quietschte eine durchdringende Frauenstimme. Das Echo der vielen Rufe hallte von der hohen, gewölbten Decke der Flughafenhalle wider.

Zieroth floh mit wehendem Mantel die lange Treppe hinab, ohne sich umzusehen.

Die Lautsprecher dröhnten dazwischen und forderten die Flugpassagiere nach Frankfurt–Madrid und so weiter zweisprachig und zum letztenmal auf, sich unverzüglich zum Ausgang B zu begeben.

Als ich die Treppe erreichte, kam mir ein Trupp junger Mädchen entgegen. Die kicherten und zwitscherten aufgeregt durcheinander und ich verlor mehr als zwanzig Sekunden, bis ich mich einigermaßen elegant durch das Gekicher und Gezwitscher hindurchgeschlängelt hatte.

Frau Fiebig war unterdessen schon vor mir auf der Treppe. Ganz unten lief Zieroth.

Er wandte sich nach mir um. Dabei stieß er mit einem beleibten Herrn zusammen, der gepäckbeladen treppauf wollte. Der Hut des Dicken rollte auf die Erde, einer seiner Koffer polterte zu Boden.

Zieroth schubste den Herrn rücksichtslos zur Seite und rannte weiter.

«Sie Flegel!» schimpfte der mit hochrotem Gesicht und hielt sich am Treppengeländer fest.

Frau Fiebig war jetzt direkt vor mir und lief mir immerzu in die Quere. Doch ich konnte sie mit einigen großen Schritten überholen und gewann langsam an Boden, denn Zieroth war offensichtlich gehandicapt von einer Aktentasche aus schwarzem Leder, die er krampfhaft festhielt und die ziemlich schwer zu sein schien. Wahrscheinlich hatte er da das Versicherungsgeld drin. Die Treppe mündete in einen breiten, hellen Gang, an dessen rechter Breite sich eine Art hüfthohe Theke befand.

Davor standen Reisende, die auf ihr Gepäck warteten. Dahinter dehnten sich niedrige Kellerräume, mit scheußlichen hellgrünen Neonröhren erleuchtet, durch lange Reihen stählerner Regale unterteilt, die vollgestellt waren mit vielen Koffern, Taschen, Paketen und allen möglichen anderen Gepäckstücken. Zwischen je zwei Regalreihen lief ein Transportband bis an die Theke. Weit hinten, am entgegengesetzten Ende des Kellersaals, liefen diese Transportbänder zusammen und hinaus ins Freie – auf das Rollfeld.

Von dort brachten sie – in Abständen je nach Ankunft einer Maschine – schubweise neue Mengen Koffer und anderes Gepäck. Zieroth hatte die Theke erreicht. Er schob unsanft zwei vor Schreck aufschreiende, mollige Damen auseinander und sprang zwischen ihnen mit einem Satz über die Barriere.

Dort stieß er einen älteren Mann in blauem Overall beiseite, als der nach ihm greifen wollte, und war im Handumdrehen zwischen den Regalen verschwunden.

Ich sprang hinterher, fluchte, rief dem wütenden Overallträger – der jetzt nach mir greifen wollte – «Kriminalpolizei!» zu, woraufhin der seinen Ruf «Halt!» halb verschluckte, rannte ein paar Schritte und legte mich dann längelang auf den kalten Zementfußboden, um unten durch die Regale zu sehen, ob ich irgendwo Zieroths Beine entdecken könnte.

Nichts.

Weg war er ...

Aber da war Frau Fiebig schon wieder neben mir. Sie rang nach Luft. Haarsträhnen hingen ihr ins Gesicht. Sie wollte zu sprechen anfangen, doch der Overallmann kam gerannt und packte sie am Arm und rief: «Für Unbefugte ist hier der Zutritt verboten!»

Ich winkte ab. Er ließ sie los.

«Holen Sie bitte schnell die zwei Polizisten her, die vor dem Haupteingang mit ihrem Peterwagen stehn!» sagte ich zu ihm. «Und zwar soll der eine fix hintenrum – übers Rollfeld kommen!»

«Jawoll!» brüllte der Mann los und riß die Knochen zusammen – oder wie das heißt.

Ach, du liebe Güte! – Hatte ich zu allem anderen Pech nun auch noch einen Unteroffizierston in der Stimme?

«Also, bitte, dalli, bitte!» sagte ich so sanft wie möglich und selbst sehr erschrocken.

Der Mann wiederholte sein zackiges «Jawoll!», machte kehrt und rannte los.

Die Flugpassagiere vor der Theke wurden immer unruhiger. Sie riefen und redeten aufgeregt durcheinander.

«Fertigen Sie um Himmels willen die Herrschaften weiter ab!» sagte ich zu drei anderen Overallmännern, die herbeigelaufen waren und um mich und Frau Fiebig herumstanden. «Sonst gibt's Ärger!»

«Bitte ... bitte ...» stotterte Frau Fiebig.

«Später!» sagte ich, drehte ihr den Rücken zu und ging, mich zwischendurch immer mal tief bückend, die Regalreihen entlang. Ich ging ziemlich schnell. Frau Fiebig blieb immer hinter mir. Ich konnte sie schluchzen hören.

Ich hatte keine Lust, mich mit ihr anzulegen und sie wegzuschicken. Sollte sie doch ruhig zusehen, wenn ich ihren Schatz fing – wenn ich ihn fing! Sie hatte ja auch erlebt, daß er mich fing. Es war nicht mehr als recht und billig, daß sie nun auch die anderen Akte des Theaterstücks zu sehen bekam.

Zwischen großen und kleinen, feinen und einfachen, grauen und bunten Gepäckstücken liefen wir hintereinander her durch die Gänge.

In der fünften Reihe entdeckte ich Zieroth.

Er hatte sich hinter einer der mannsdicken, viereckigen Betonsäulen verborgen, die in Abständen von acht, neun Metern standen und die Decke des Souterrains trugen.

Ich hätte ihn nicht entdeckt, wenn nicht ein Zipfel seines hellen Mantels zu sehen gewesen wäre, denn hinter der Säule war es dunkler als im übrigen Keller. Außerdem stand dort ein Stapel Kartons, der den Durchgang versperrte.

Ich tat so, als ob ich vorbeiginge, lief auch wirklich zehn, zwölf Schritte weiter und rief in der entgegengesetzten Richtung: «Kommen Sie vor, Zieroth! Geben Sie es auf!»

Frau Fiebig blieb in Höhe der Säule stehen und sah mir zu.

Ich wußte nicht, ob sie Zieroth bemerkt hatte.

Ohne mich um sie zu kümmern, ging ich behutsam und in einem lässigen Schlendergang wieder auf das Versteck meines Kellerverschließers zu und sprang, als ich nahe genug ran war, mit einem Satz hinter die Säule.

«Peter!» schrie Frau Fiebig – aber sie schrie zu spät. Ich hatte ihn. Ich drehte ihm den rechten Arm auf den Rücken, ehe er noch zum Schlag ausholen konnte und wollte ihn vorziehen, da umklammerten mich von hinten die Arme der Frau.

«Lassen Sie ihn! Lassen Sie ihn los!» schrie sie und leiser fuhr sie fort: «Ich – ich bin schuldig!»

Ich ließ Zieroths Arm tatsächlich los, befreite mich sachte von Frau Fiebigs Umarmung und fragte – wahrscheinlich mit einem nicht sehr geistreichen Gesichtsausdruck: «Wieso? Wieso Sie?»

Dabei hielt ich ihren Unterarm fest und registrierte nur am Rande, daß Zieroth die Aktentasche aufhob, die er fallen gelassen hatte.

Frau Fiebig stand mit geschlossenen Augen vor mir. In dem widerwärtigen, kalkigen Neonlicht sah sie hellgrün aus, mit lila Flecken, wie eine Wasserleiche.

«Reden Sie doch.»

«Ich bin schuldig», flüsterte sie dann, tastete mit ihrer freien Hand nach einem Halt und ließ sich auf einen Kabinenkoffer sinken, der neben ihr an der Säule stand, und begann haltlos zu weinen.

Ihr Kopf sank nach vorn. Die Haare fielen ihr ins Gesicht. Auf dem braunen Kofferleder zeichneten ihre Tränen dunkelbraune Tupfen. Drei Tropfen fielen auf den Kopf eines Tigers, der ein Hoteletikett zierte. ROYAL – LAHORE – PAKISTAN stand rundherum im Kreis in roten Buchstaben.

Ich sah mich hilfesuchend nach Zieroth um. Zieroth war verschwunden.

«Es ist so furchtbar», stammelte die weinende Frau. «Und ich ... ich habe seine Frau auf dem Gewissen!»

Sie fand ihr Taschentuch nicht. Ich reichte ihr mein Reservetaschentuch.

«Wann sind Sie denn aus Jelsa weg?» fragte ich.

Sie richtete sich auf. «Aus Jelsa? Das versteh ich nicht!»

«Sie müssen doch nach mir, aber noch vor Zieroth abgereist sein.»

«Ich war nicht in Jelsa», sagte sie.

«Nicht in Jelsa?» Ich kniff mich in den Arm. Hatte ich Halluzinationen? Eben war noch die Rede von ...

«Aber wie haben Sie denn Frau Zieroth erstochen, wenn Sie nicht ...?»

«Ich habe sie nicht erstochen!» Sie sah mich mit großen, ängstlichen Augen an.

«Ich glaube, ich werde verrückt.» Ich glaubte das wirklich. «Sie haben vor zwei Minuten gesagt, daß Sie seine Frau auf dem Gewissen hätten.»

«Ich habe ihn dazu getrieben. Er hat es meinetwegen getan.» Sie ließ wieder den Kopf sinken und begann von neuem zu weinen.

Und mein spezieller Freund war über alle Berge ...

Ich würde um Versetzung in ein anderes Ressort bitten müssen. Vielleicht Ladendiebstähle, da ich mich schon in Mordfällen von heulenden Frauen weichmachen ließ ...

Aber man soll die Flinte nicht vor dem Abend ins Korn werfen: Da kam Zieroth vom Rollfeld-Ausgang her.

Er kam nicht allein. An seiner Seite marschierte der baumlange Kollege. Ihre Freundschaft schien so innig zu sein, daß sogar ihre Handgelenke, Zieroths linkes, des Polizisten rechtes, mit einer Stahlkette verbunden waren.

«Peter!» flüsterte Frau Fiebig entsetzt, als sie ihre Rettungsaktion gescheitert sah.

«Sie haben kein Recht, mich festzunehmen!» zischte Zieroth mich an.

«Sie sind ein Witzbold, Herr Zieroth, Freiheitsberaubung reicht für den Anfang! Von Mord reden wir später, bei einem Täßchen Kaffee oder so, nicht?»

«Mord? Sind Sie wahnsinnig?» Er lachte – es klang so echt wie die Friedenswünsche eines Munitionsfabrikanten.

Frau Fiebig war aufgestanden, lehnte an der Säule und weinte.

«Sie sollten lieber lachen!» sagte ich zu ihr.

«Ich liebe ihn», sagte sie leise.

Und da schwieg ich.

Die Fluggäste an der Theke sahen stumm zu, wie wir abzogen: vorneweg Zieroth, an den Knappzweimeterpolizisten gefesselt... dann die weinende Witwe Fiebig... ich... und der zweite Polizist mit der Aktentasche, die – ich hatte meine Neugier nicht bezähmen können – tatsächlich voller Geldbündel war. Hundertfünfzigtausend in Hundertern und Fünfzigern. Ganz schöner Haufen Moos.

Vom Präsidium aus schickten wir Frau Fiebig in Begleitung einer Beamtin nach Hause, damit jemand bei ihr blieb, bis sie den ersten Schock überwunden hatte. Zwei Leichen auf dem Konto schienen uns genug.

Dann nahmen wir Zieroth ins Gebet.

Der Chef verhörte ihn selbst. Ich saß dabei, bediente das Tonbandgerät und machte mir Notizen.

Zunächst war Zieroth zäh wie Ziegenleder.

Es dauerte acht Stunden – fast ohne Pause.

Zieroths forsche Arroganz wich wachsender Unsicherheit und Unruhe. Es gab Augenblicke, in denen ich versucht war, ihn zu bemitleiden – aber dann dachte ich an die beiden Toten und dachte vor allem an Franziska in ihrer grauen Zelle im Untersuchungsgefängnis und wurde wieder nüchtern.

Es war sehr schwer, ihn zu erschüttern, zumal wir außer der «halben» Bigamie, der seltsamen Versicherungsgeschichte und seiner Reaktion auf mein Erscheinen im Drosselweg eigentlich nicht einmal handfeste Angriffspunkte hatten. Denn Frau Fiebigs Aussage – er habe es für sie getan – hatte natürlich überhaupt kein Gewicht.

Wir waren uns nicht einmal so recht über das Motiv klar, aus dem er Ladicke ermordet hatte – wenn er ihn ermordet hatte.

Er gab zu, mit Frau Fiebig ein Verhältnis zu haben. Er gab zu, ihr die Ehe versprochen zu haben – aber er tat das alles wie Kavaliersdelikte ab. Er sagte, seine Ehe sei nicht in Ordnung gewesen. Daß er die Lebensversicherung für seine Frau mit dem Hintergedanken abgeschlossen habe, sie umzubringen – das allerdings bestritt er. Er bestritt überhaupt, mit dem Mord an Ladicke irgendwas zu tun zu haben.

«Ich habe den Mann ja kaum gekannt», sagte er.

Und immer wieder behauptete er: «Die Jansen ist es gewesen! Sie hat Ladicke gehaßt, weil er sie hat sitzenlassen. Sie hat meine Frau gehaßt, weil die erfolgreicher war. Und als sie erfahren hatte, daß meine Frau ihren Streit mit Ladicke zu Protokoll gegeben hatte – da hat sie sie in Jelsa ermordet!»

«Wußten Sie nicht, daß Fräulein Jansen auch dort Urlaub machte, als Sie auf jene Insel fuhren?» fragte der Chef.

«Nein!» sagte Zieroth.

Ich rief den Reporter des Revolverblattes an. Ich erwischte ihn glücklicherweise sofort und versprach ihm eine schöne Meldung – wenn er mir eine Auskunft über jenes Interview mit Zieroth geben würde, das vor des Ehepaares Abreise stattgefunden hatte. Er spielte mit.

Für eine gute Meldung verkaufen die Jungs ihre Großmütter, Mütter, Ehefrauen und Töchter.

Zieroth hatte ihm also gesagt, daß die verdächtige Jansen auf einer Adriainsel sei – von wo sie wahrscheinlich nicht ausgeliefert werden würde.

«Das weiß ich noch genau», sagte der Reporter.

Widerspruch Nummer eins.

Zieroth stotterte.

Dann hielten wir ihm die Aussage seines Abteilungsleiters Koch vor, der zum Verhältnis Zieroth–Ladicke unter anderem gesagt hatte: «... Hund und Katze sind Turteltauben gegen die zwei!»

Der Chef fragte, als Zieroth verstockt schwieg: «Und was war mit Ladicke und Ihrer Frau, Herr Zieroth?»

«Nichts.»

«Ladicke führte Tagebuch. Wir haben es gefunden und entziffert. Da sind alle seine Eroberungen fein säuberlich registriert. Was würden Sie sagen, Herr Zieroth, wenn da auch Ihr Name und der Name Ihrer Frau zu finden wären?»

Es war kurz vor Mitternacht, und der Chef bluffte.

Da plötzlich brach Zieroths Fassade zusammen: Er gestand. Er redete eine ganze Stunde. Er redete wie in Trance: leise, mit erloschenem Blick, ohne jede erkennbare Gemütsbewegung ... als leiere er einen auswendig gelernten Text herunter.

Eine triste und verworren klingende Geschichte, aber sie war in ihren Grundzügen so raffiniert ausgedacht, so eiskalt und berechnend, daß wir beide – der Chef und ich – ein paarmal erstaunte Blicke tauschten.

«Vor einem knappen Jahr», murmelte Zieroth, «habe ich zum erstenmal was von Ladickes leichtem Lebenswandel gehört. Ich habe gedacht, ich könnte ihn damit irgendwie zu Fall bringen und sein Nachfolger werden. Ich wartete schon vier Jahre auf eine Aufstiegschance.

Ladicke machte auf einem Betriebsausflug meiner Frau den Hof. Ich habe mir das angeguckt. Ich hatte nichts dagegen. Als das wochenlang danach noch weiterging und ... nun eben ... feste Formen annahm, da hab ich Ladicke bei der Geschäftsleitung wegen Ehebruchs angezeigt. Anonym. Den Namen meiner Frau habe ich genannt, aber getan, als ob ein Dritter schriebe und so. Doch das ergab gar nichts.

Darauf habe ich versucht, ihn zu – zu erpressen. Ich habe ihn langsam gehaßt, weil er so unangreifbar war. Nach meinem ersten Versuch hat er sofort mit meiner Frau gebrochen. Das ist ihm außerdem leichtgefallen, weil er da schon ein Auge auf die Jansen hatte. Meine Frau wußte nichts von meinem Erpressungsversuch. Sie hat geglaubt, Ladicke habe ihr wegen der anderen den Laufpaß gegeben.»

«Das muß in Ihrer Ehe ja eine recht turbulente Zeit gewesen sein, wie?» warf der Chef ein.

«Wir waren selten zusammen», entgegnete Zieroth. «Ich habe die Abende dann auch schon bei Elfi – bei Frau Fiebig verbracht.»

«Hat Ihre Frau das gewußt?» fragte der Chef.

«Was, bitte?»

«Daß Sie sich anderweitig – na, trösteten?»

«Nein», sagte Zieroth. «Und langsam wurde es auch wieder besser mit uns. Wir hatten ja auf einmal ein gemeinsames Interesse sozusagen, nämlich Ladicke was am Zeuge zu flicken...»

«Schön – oder vielmehr: klar.» Der Chef erhob sich hinter seinem Schreibtisch und ging auf Zieroth zu. Er stellte sich vor ihn und sah ihn an: «Und daraus wurde ein Mordplan, wie?»

«Wenn Sie ihn gekannt hätten», murmelte Zieroth. «Er war das überheblichste und arroganteste an Mann, was Sie sich denken können. Natürlich haben wir ihn beide gehaßt. Aber an Mord oder so... nein, daran haben wir nicht gedacht. Erst als meine Frau mir von dem Zerwürfnis erzählte, von dem Ende der Affäre mit der Jansen, erst da habe ich gedacht, daß man ihn beseitigen könnte. Dazu kam, daß er mich mal ansprach, als ich allein in der Kantine saß. Er sagte, daß er mich anzeigen würde, wegen Erpressung, wenn ich nicht mitsamt meiner Frau innerhalb von zwei Monaten das Kaufhaus Weinheimer verließe und mir woanders einen Job suchte... und so weiter.»

Zieroth und die Frau Gemahlin planten also – nun auch unter Zeitdruck – den Mord gemeinsam. Sie planten und vollführten ihn in genauer Kenntnis aller Umstände so geschickt zu einem Zeitpunkt, durch den allein schon der Verdacht automatisch auf Franziska Jansen fallen mußte – wie sie es auch beabsichtigten.

Außerdem kam ihnen der Zufall zu Hilfe: Ladicke traf Franziska zu jener letzten Auseinandersetzung am Mittag vor ihrer Abreise und geriet mit ihr in Streit. Es hätte nicht besser inszeniert sein können.

Zieroth packte den ganzen Koffer aus. Mich fror während seines makabren Berichts. Aber das mochte auch an der späten Stunde liegen, am zu hohen Nikotinverbrauch, an zu wenig Schlaf und am Ekel vor der ganzen widerlichen Geschichte.

Der Chef schien nicht zu frieren. Nun, er war auch weniger engagiert als ich. Chefs haben selten das Pech – oder das Glück –, sich zu engagieren.

«War Ladicke denn nicht mißtrauisch?» fragte er Zieroth.

«Ich wartete in seinem Büro auf ihn, schon während er auf dem Gang noch mit der Jansen redete. Ich hatte mich telefonisch mit ihm verabredet, hatte ihm gesagt, daß ich ihm einen Vorschlag machen wollte, daß ich zu einer Bereinigung der Sache und zu einer Aussöhnung bereit sei – und er war darauf eingegangen. Ich wartete in seinem Büro, mit der festen Absicht, ihn jetzt und hier zu töten. Eigentlich hatte ich ja schießen wollen, und ich hatte auch einen Revolver mit – aber dann ergab sich das so einfach mit der Schere.»

Zieroth blieb auch bei diesem Punkt seines Geständnisses ohne Anzeichen irgendeiner Bewegung oder eines gruseligen Erinnerns. Nichts.

Ladicke mußte geradezu unglaublich selbstsicher gewesen sein. Er hatte seinem Feind das Morden leicht gemacht.

Das Ehepaar Zieroth verbrachte danach das Wochenende in lange entbehrter Harmonie. Auch gemeinsame Verbrechen können demnach zum ehelichen Glück beitragen.

Zieroth sagte: «Meine Frau war an diesem Sonnabend/Sonntag so wie in alten Zeiten. Ich war drauf und dran, meine Pläne, die sie betrafen, aufzugeben.»

Eine ganz aparte Situation mußte das gewesen sein. Ich stellte mir den zärtlichen Ehemann Zieroth vor, wie er inbrünstig den Hals der Angetrauten küßte und sich dabei überlegte, ob er nun dahineinstechen solle oder vielleicht doch nicht...

Er hatte an diesem harmonischen Wochenende schon den Urlaub auf der Adriainsel Hvar gebucht, um Franziska Jansen, die – so hoffte er mit Recht – dort frei herumlief, den Mord, den zweiten Mord – den an seiner Frau – auch noch in die Schuhe schieben zu können.

Und das gelang auch zunächst.

Zieroth berichtete: «Am Abend des Ankunftstages in Jelsa habe ich meine Frau noch überredet, mit mir schwimmen zu gehen. Als sie zusagte, habe ich einen Burschen, der vor dem Hotel herumlungerte, gegen Belohnung zur Jansen ins Hotel geschickt und habe ihr dort ausrichten lassen, daß sie zu einer Unterredung an den Strand kommen solle – etwa eine halbe Stunde nach unserem Schwimmen, verstehen Sie? Ich habe dem Burschen, der gut Deutsch konnte, das genau eingetrichtert. Er hat es verstanden und ist los. Dann bin ich, nachdem meine Frau schon in Badesachen durch die Hotelhalle gegangen war, noch mal zurück und habe den Portier nach der Bar gefragt. Durch den Hintereingang der Bar bin ich dann nach draußen gegangen, nachdem ich mir an einem Tisch eine Flasche Wein bestellt hatte. Dann sind wir zum Schwimmen gegangen. Ich habe sie mit einem Messer erstochen, als sie mich bat, ihr den Rücken abzutrocknen. Danach bin ich mit der nassen Badehose unterm Anzug in die Bar gegangen, wo meine Flasche Wein auf dem Tisch stand. Das alles hat bestimmt nicht länger als eine Viertelstunde gedauert...»

«Fast ein perfekter Mord», stellte der Chef fest. «Als Klipp dann kam mit dem jugoslawischen Kollegen, da haben Sie den Besoffenen gemimt und gleich darauf den erschütterten Witwer. Reife Leistung, muß ich sagen!»

Weshalb Franziska uns bei ihrer Verhaftung nichts von dem Boten gesagt hatte, weshalb sie auch bei meinem Besuch im Untersuchungsgefängnis darüber geschwiegen hatte – das wollte mir nicht in den Kopf. Erst später erfuhr ich, daß der Bote Zieroths Nachricht überhaupt nicht ausgerichtet hatte, daß Franziska – zweiter teuflischer Zufall –

wirklich nur deshalb eine halbe Stunde – die entscheidende halbe Stunde – spazierengegangen war, um ihre Kopfschmerzen loszuwerden.

Jetzt, während Zieroths monotonem Geständnisgemurmel, lief mir ein Schauder über den Rücken bei der Vorstellung, was wohl gewesen wäre, wenn er nicht für seine Frau eine so hohe Lebensversicherung abgeschlossen hätte und ich daraufhin nicht Verdacht geschöpft und ihn beobachtet hätte... Wenn er nicht gleich am Abend seiner Rückkehr aus Jelsa, am Tage vor der Einäscherung seiner Frau, in die Arme der armen Frau Fiebig geeilt wäre... Was wäre dann wohl geschehen?

Der Chef ließ Zieroth abführen.

«Tja, Klipp», sagte er müde, «dann ist ja wohl alles klar.»

«Jawohl», sagte ich – noch müder – und schloß das Tonband mit Zieroths ausführlichem Geständnis in meine Schreibtischschublade.

«Gibt's noch was?» fragte er.

«Nein», sagte ich und dachte an Franziska.

«Gute Nacht», sagte der Chef und gab mir die Hand, «kommen Sie morgen früh man 'n bißchen später!»

«Danke schön! Gute Nacht, Herr Rat!» sagte ich.

Er schloß die Tür hinter sich.

Ich sah auf die Uhr. Es war zweiundzwanzig Minuten nach eins. Ich pfiff auf alle guten Sitten und rief in Kulles Wohnung an.

Er meldete sich rauhstimmig und verschlafen.

«Hallo, Kulle! Hier ist Leo», sagte ich, «entschuldige bitte, aber...»

«Ich werde wahnsinnig!» krächzte er. «Aber das Auge des Gesetzes wacht immer noch. Was ist denn?»

«Wir haben den Täter! Volles Geständnis! Alles okay! Du mußt morgen früh...!»

«Heute früh...» berichtigte er.

«Ja, natürlich...» sagte ich. «Also du mußt schnellstens das Mädchen aus dem UG...»

«Halb fünf steh ich dort vor dem Tor und hole deine schöne Mörderin», sagte er, «oder genügt zwanzig vor fünf?»

«Meine schöne – sei nicht albern!» bat ich.

«Dito!» grunzte er. «Geh schlafen, du Anachronismus!»

«Wieso?» fragte ich.

«Verliebte Kriminalkommissare sind heutzutage vom Gesetzgeber nicht vorgesehen!» rief er. «Also bist du ein Anachronismus, mein Leopold! Gute Nacht!» – und legte auf.

Mein Wecker klingelte. Ich ließ das außerordentlich hübsche Mädchen mit der verblüffenden Franziska-Ähnlichkeit, von dem ich gerade träumte, sofort los und drückte dem rappelnden Teufelsding die Gurgel zu. Aber es klingelte weiter.

Ich stolperte zum Telefon, hob ab – Amtszeichen... doch die Klingel klirrte noch immer.

Ich brauchte acht Sekunden, um zu kapieren, daß da irgend jemand einmalig Unverschämtes vor meiner Wohnungstür stand und den Daumen auf dem Klingelknopf parkte.

Halb neun.

Ich zog den Bademantel über und lief leise schimpfend den Flur entlang und rief: «Wer ist denn da, zum Donnerwetter?»

Keine Antwort – aber ein Rascheln da draußen und ein leises Klopfen an der Tür ... komisch.

Ich öffnete.

Franziska reichte mir mit der Linken meine Brötchentüte und hielt mir auf der offenen Rechten den Haifischzahn entgegen. Süß saß sie aus. Bissel verknautscht und müde – aber süß. Und ich träumte wirklich nicht.

«Soll ich uns einen Kaffee machen, Leo?»

262/33